COLLECTION FOLIO

Antoine Audouard

Une maison au bord du monde

Gallimard

Ce livre n'est pas une fiction et les faits rapportés — sauf erreur imputable à l'auteur — sont exacts. Toutefois, afin de protéger l'intimité des personnes, de leurs familles et de leurs proches, les prénoms des patients ont été changés.

Antoine Audouard est né à Paris en 1956. Après avoir publié son premier roman à vingt ans, il entre dans l'édition. Cofondateur des Éditions Fixot, il devient directeur général des Éditions Robert Laffont, qu'il quitte en 1999 pour se consacrer entièrement à l'écriture. Son roman *Adieu, mon unique* a été salué par la critique et traduit en quatorze langues.

À Susanna,
de tous les voyages…

et à la mémoire
de mon grand-père,
André Thirion

Il n'y a pas de vérité,
Il n'y a que des histoires.

Jim Harrison
(cité par Jean-Claude Izzo
en exergue à *Total Khéops*)

PROLOGUE

J'ai passé le portail bleu de la Maison pour la première fois en novembre 2000, aux côtés de Philippe Godeau, mon ami producteur de cinéma assez fou pour avoir voulu, depuis cinq ans, produire un film adapté de *La Mort intime*, le livre de Marie de Hennezel que nous avions publié chez Laffont avec un succès français et international.

« Lancé » par la préface de François Mitterrand, porté par l'émotion de ses lecteurs, ce livre a constitué pour moi comme pour beaucoup la découverte d'un continent caché : celui des moments particuliers, si forts et parfois si terribles, de la fin de la vie.

Quelles que soient la qualité et la puissance du livre, il fallait une véritable vision pour imaginer, un jour, en tirer un film. Philippe et le réalisateur Jean-Pierre Améris ont fait preuve d'une belle constance pour mener leur projet à son terme.

Pendant l'écriture du script, Marie avait emmené Jean-Pierre à la Maison, un établissement hospitalier de douze chambres situé à Gardanne, près d'Aix-en-Provence. Pionnier dans le monde des soins palliatifs, cet endroit lui semblait représenter sinon un « modèle », du moins un exemple de la possibilité d'effectuer un accompagnement de la fin de vie qui, sans négliger la technique médicale, mette l'*humain* au cœur de sa démarche.

Jean-Pierre Améris en a été profondément imprégné ; l'accueil qu'il a reçu à la Maison, la volonté de certains patients de participer au film, la figuration de nombreux membres de son personnel sont une aventure à part entière.

C'est dans cette rencontre avec l'équipe de la Maison qu'est née l'idée d'un livre qui témoignerait de son histoire — celle d'un groupe de rêveurs efficaces qui, depuis sept ans, accueillent des malades en fin de vie — malades du sida principalement, mais aussi du cancer, victimes de la sclérose latérale amyotrophique, de la maladie de Creutzfeldt-Jakob...

Quand j'ai passé le seuil de la Maison, c'était en ma qualité d'éditeur indépendant, avec l'intention d'écouter et de voir, afin d'accoucher d'un projet que nous aurions confié à un écrivain ou à un journaliste.

Quand j'en suis ressorti, après quelques heures, il me semblait impossible de *ne pas* écrire ce livre.

Dès lors s'est ouverte l'une des périodes les plus riches de ma vie : de séjour en séjour, sept mois de rencontres avec l'équipe soignante mais aussi les bénévoles, les familles, les malades eux-mêmes m'ont amené littéralement « au bord du monde ».

Accueilli généreusement par tous, j'ai simplement tenté de rendre témoignage de ce que j'avais vu : la délicatesse des gestes et la qualité de l'attention, la violence du temps qui passe trop vite, la solitude de la nuit, l'éclat de rire d'un moment, les mots hachés, les cris parfois, un regard qui se pose et où tout se suspend, le souffle qui s'en va...

L'intimité qui s'est ouverte avec les autres m'a parfois laissé seul avec moi-même. J'ai accepté cette confrontation sans la crainte d'une forme d'impudeur et j'ai souhaité en témoigner également.

Une maison au bord du monde raconte donc des histoires. Elles parlent de la mort et elles évoquent le fracas de ce qui fut souvent douloureux et dont l'amertume ne cesse pas, jamais ; j'espère qu'elles parlent aussi de ce qu'il y a de digne et de présent, d'irremplaçable, dans la vie de tout être jusqu'à son dernier souffle.

L'accueil et la confiance qui m'ont été réservés d'instinct par tous — et en particulier par Jean-Marc La Piana, le médecin-chef, Chantal

Bertheloot, la coordinatrice, Jean-Louis Guigues, le responsable des soins, et Mireille Destandau, la psychologue — ont rendu cette aventure comme naturelle, presque évidente.

Je leur en suis profondément reconnaissant.

PREMIÈRE PARTIE

VIVRE ICI

Au bord du monde

Nous sommes au bord du monde, dit Mireille — et aussitôt je comprends l'image et elle me bouleverse.

Il faut se représenter le monde comme faisaient les anciens : un vaste disque plat. Là où je suis, c'est l'intimité d'une maison, d'un village, d'une communauté ; de l'autre côté de ce bois, de cette colline, vivent des étrangers finalement familiers, avec qui l'on échange et l'on se fait un peu la guerre. Plus loin, aux abords de frontières que l'on n'a jamais vues mais que l'esprit se représente d'après les récits des soldats et des voyageurs imprudents, commence le territoire des Barbares ; plus loin encore des étendues dont la géographie est plus fantastique au fur et à mesure que l'on s'éloigne, des océans peuplés de monstres marins, des aurores aux couleurs jamais vues. Pourtant, quelles que soient les limites de sa propre expérience et la terreur contenue dans ces visions, cela, c'est encore le Monde.

Plus loin ? c'est le bord du Monde — un effrayant bouillonnement, une lumière aveuglante, un vide où l'on bascule, précipité dans une immensité noire et glacée. Dans cette chute vertigineuse on se défait, on devient du rien dans le néant. Quelle que soit l'habileté des conteurs à faire des fables sur les âmes, il est impossible de ne pas vivre avec au ventre la terreur de cette chute. Étrange paradoxe : c'est comme si nous avions déjà vécu ce que nous ne connaissons pas. La prudence de toute une vie, la force de tous les attachements sont impuissantes à nous préparer, à nous protéger. Avec le temps qui glisse, conscients ou insouciants, nous dérivons vers cette terre où il n'y a plus de terre, cette mer plus profonde que la mer et si froide, si brûlante...

Le bord du Monde, c'est la limite de l'espace et donc celle du temps. Impossible d'aller plus loin sans disparaître : au-delà, le monde n'est plus — c'est-à-dire que nous ne sommes plus. C'est une croisée dans laquelle nous disparaissons, une limite située devant et qui jaillit soudain à l'intérieur de nous.

Mireille écrit : « Il y a ceux qui se retournent pour tout embrasser, d'un regard tout prendre, tout étreindre, vouloir encore, totalement. Il y a ceux qui sont stupéfaits, tout arrive si vite, saisis par l'événement, emportés comme on dit, et ceux qui vivent un réveil de l'être, un sursaut, aiguisés par ce qu'ils perçoivent, ceux qui s'endorment, ceux qui glissent, ceux qui paniquent, ou parfois ceux qui s'en vont par atténuation du monde ; ceux-là ne quittent pas le monde, c'est le monde qui les quitte, doucement[1]. »

Il n'y a plus ni dedans ni dehors, ni ici ni ailleurs, ni maintenant ni demain — plus qu'un souffle que nous croyons être le vent et qui n'est peut-être que celui de la narine. Le vide s'étend et gagne, vide devant et vide à l'intérieur, vide unique où sont précipités toutes les émotions, les souvenirs, toutes les constructions mentales que nous avions patiemment édifiées. Nous ne savons plus ce que nous savions, nous ne sommes déjà plus ce que nous étions : ce souffle toujours, cette suspension au bord du vide.

Au long d'une vie, patiemment, s'était édifiée la conviction raisonnable que la Terre était ronde.

Pour celui qui va mourir, la Terre est toujours plate.

1. Mireille Destandau, *L'Oubli du monde*, manuscrit inédit.

Géographie

La Maison est située à Gardanne, sur une colline d'où l'on devine la petite ville, le paysage provençal — et les tours de la centrale thermique d'où s'échappent d'inquiétantes fumées. Avant de trouver sa place ici, son projet s'est promené sur deux ou trois terrains différents — dont l'un sur la commune voisine de Bouc-Bel-Air, où le maire n'a pas voulu d'elle.

Son symbole est une petite maison qui a été dessinée par Chantal, avant le commencement : deux murs et un toit — et en deux traits beaucoup de choses étaient dites. On retrouve ce dessin dans la ville, sur des panneaux à fond blanc, entre l'indication de la DDE et celle des commerces.

Portail bleu, volets bleus, murs ocre... Rien d'évident n'y indique l'hôpital — qu'elle est pourtant au sens technique du terme. L'impression se renforce lorsqu'on passe le seuil et qu'on se retrouve face à la fontaine qu'un potier ami — le frère de Dominique, une des infirmières — a offerte pour l'inauguration. Un bruit d'eau... Dans le coin salon, à gauche, deux ou trois personnes bavardent à voix basse. Un petit garçon aux boucles brunes regarde l'aquarium où des poissons bleus (« ce sont des poissons palliatifs », dit quelqu'un) se faufilent entre les rochers, les algues et les coraux.

Il n'est pas possible de rester seul dans le hall : si Karine, la secrétaire, n'est pas disponible, le premier passant — soignant, agent de service, bénévole ou médecin — vient vers le visiteur avec un sourire. Le visage est peut-être fermé par la douleur, crispé par la rage, ou bien simplement timide — c'est ce sourire qui l'accueille et se pose sur lui, l'effleure en ce temps de peine et d'inquiétude. (Et plus tard, à la fin, au milieu des larmes, c'est ce sourire qui réapparaît souvent et persiste, ne signifiant rien, ne démontrant rien, simplement là.)

À main droite s'ouvre la salle à manger, lieu des repas pour l'équipe, les familles et les résidants qui ont suffisamment d'autonomie pour y descendre. Les tables mélangent les uns et les autres et on y entend les rires des uns, on y surprend le regard fixe des autres. Parfois, dans la journée, s'y produisent des rassemblements improvisés, pour une petite fête de famille, ou simplement parce que Thierry a fait du cake. (Quelqu'un passe partout dans la Maison et dit, en ouvrant les portes : « Il y a du cake. »)

La cuisine est un lieu étonnant, peuplé de vedettes électriques comme Thierry, Patricia ou Sylviane, d'âmes douces comme Lola ou Héléna, vers qui l'on va, tout simplement, quand on a envie d'un café ou qu'on a un peu de peine. On s'y raconte des mariages et des décès, on y pleure ses naissances et ses deuils. Tout passe à la cuisine et tout s'y réfugie, et le prétexte d'une bouteille d'eau ou d'un fruit est l'occasion d'un moment où l'on s'échappe.

Entre la cuisine et la salle à manger, un escalier descend vers le sous-sol où se trouvent la salle de réunion, la salle des bénévoles (ils sont une vingtaine à se relayer pour assister les quarante salariés de la Maison), ainsi que le bureau de l'équipe mobile créée depuis deux ans. Tout au fond un bureau directorial rarement occupé : c'est celui de Jean-Louis, plus communément désigné par le surnom de « Loulou », le responsable des soins.

La géographie des chambres à la Maison est simple : il y en a trois au rez-de-chaussée et neuf à l'étage. Elles ont un numéro qui n'est pas inscrit sur la porte mais — comme instantanément — dans la mémoire de chacun. Derrière les chiffres passent, ombres portées dont la netteté ne diminue pas toujours avec le temps, les prénoms des patients qui y ont vécu.

À l'étage se trouvent également la salle de réunion qui sert de bibliothèque, les deux salles où sont situées les baignoires tellement appréciées des résidants — et puis une petite salle marquée par une simple étiquette : « L'Équipe ». C'est la salle de soins où, jour et nuit, infirmières, médecins, aides-soignantes se retrouvent. Instructions d'hygiène, armoire à médicaments, cahiers de transmission, lettres et dessins humoristiques, musique stridente des bips...

Chacune des chambres est particulière — on se croirait dans une de ces pièces accueillantes et lumineuses que l'on retrouve dans ces vastes bâtisses provençales de la campagne aixoise. Souvent, elles prennent la marque de ceux qui y résident et les murs se peuplent de tableaux, de photos, les objets envahissent, la musique s'insinue... La mémoire de la Maison est pleine de ces histoires de patients qui ont fait les choses les plus variées dans leurs chambres — la poterie, la cuisine... — , qui y ont conservé les collections les plus absurdes, y ont tenu des conférences ou un siège, en ont fait un palais pour leur chien, un château pour une princesse qui ne venait jamais.

Quand ils s'en vont, il faut si peu de temps pour mettre tout cela à nu : un claquement de doigts entre la présence et l'absence.

Mais l'absence n'est pas le vide, n'est pas le froid d'un cube où ne subsistent que quelques objets réduits à leur fonction. D'abord il y a ce qu'il n'y a pas : même vide, la chambre a encore l'air d'être une chambre et non une chambre d'hôpital ; pas de prises d'oxygène, pas de ces murs blancs pisseux ou bleu froid, pas de ces fenêtres qui n'ouvrent pas... Et puis il y a de l'intention jusque dans les détails. « Quand je pose une prise », dit Krystoff, le factotum fou de peinture, « je me sens dans un dialogue silencieux avec le patient qui occupera cette chambre. Cela me renforce dans ma décision de faire le mieux possible. » Comme une toile, au fond, comme un livre : la conversation avec une personne qui n'est pas encore là mais qui viendra.

La sortie des vivants est par la porte ; celle des morts suit un couloir où, en temps normal, se succèdent des pièces amicales : la salle à manger des familles, le bureau de Chantal, celui de Renato, le comptable, et Mireille, la psychologue... une petite pièce, dans un renfoncement, où les soignants viennent parfois se retirer quelques minutes après un moment difficile, une colère, un deuil. Il y a des coussins en désordre et un livre où des poèmes viennent en face de quelques phrases d'adieu.

Au bout du couloir, une double porte ouvre sur une salle aux murs ocre où les familles peuvent pratiquer le rituel de leur choix : Eugène, le prêtre, y fait quelques célébrations, ainsi que plus rarement un imam... C'est plus souvent, tout simplement, un lieu de recueillement où l'on se prend la main en silence, où l'on prie, où l'on lit ces phrases simples qui veulent dire au revoir, salut, *arrivederci, adeo...*

Derrière cette pièce il ne reste plus que la chambre froide où la dépouille est conservée jusqu'à la levée du corps.

Dans le hall, alors, une bougie est allumée.

*

Derrière l'espace physique, la disposition et les fonctions des pièces, il y a l'espace de la mémoire, une sorte de géographie imaginaire dont la carte est marquée un temps par des objets, des plantes, des pierres.

Les murs de la Maison sont couverts de photos, de dessins, de tableaux qui chacun racontent l'histoire d'un ami, d'un patient. C'est la présence vivante des absents.

Elle passe dans les ombres, dans les échos, dans les silences. Il y a des espaces, il y a des signes — bientôt il n'y a plus rien ou presque, sérénité un moment, colère l'autre, rien que ce bord du monde où nous sommes suspendus, entourés des fantômes de nos frères et sœurs.

Un médecin de campagne

Quand on voit Jean-Marc, on a une curieuse envie de se trouver enveloppé par lui — dans une sorte d'enlacement où l'on n'est pas bien sûr de qui protégerait qui... La chaleur est dans ce regard noir, dans ce visage où le long nez droit est à l'alignement du front, dans ce corps de nounours que l'on sent animé d'une énergie inépuisable.

Jean-Marc est le médecin-chef de la Maison. Le mot de « chef » semble presque comique appliqué à lui — c'est un chef qui n'aime pas donner d'ordres. Quoiqu'il s'en défende, il est pourtant le point de référence non unique mais central de la Maison, celui autour de qui, à partir de qui tout s'organise et tout vit. Enfant, a-t-il un jour écrit, il voulait être « pape ou médecin ». Ayant très vite perdu la tentation religieuse, il a gardé de ce premier rêve une vocation de constructeur, de rassembleur : il fait partie de ceux qui obtiendront sans peine le silence dans une salle non en élevant la voix mais en l'abaissant. Sa nature le pousse à dire oui ; s'il est incliné à dire non il demandera plutôt d'abord « pourquoi ? ». Le procédé n'est pas manipulateur, il vient d'une curiosité, d'un élan, d'une envie de partager qui jamais ne se lasse.

Jean-Marc ne rejette *a priori* rien ni personne. Il n'a pas de fascination pour les « psy » — mais quand le trio fondateur de la Maison (qu'il constitue avec Chantal, la coordinatrice, et Jean-Louis, le responsable des soins) a traversé une crise, il a été le premier à sauter sur la suggestion. Travailler dans l'humain est un bricolage quotidien, où toutes les boîtes à outils sont bonnes.

Ses premiers déchirements d'enfant ont été de devoir quitter coup sur coup les deux maisons familiales — celle de ses parents à Oran, puis celle de ses grands-parents en Italie. Depuis, il a rempli toutes les maisons où il est passé de cris et de rires, de larmes et de fêtes.

Il n'aime pas être seul, il aime les amis, les amis des amis, les tribus... Pour définir sa vie, il utilise pourtant une comparaison qui me revient à l'esprit à chaque fois que je le vois ou que je pense à lui : « Quand on est seul chez soi et qu'on a faim, on peut prendre une boîte de conserve et manger directement dedans. Ou bien on peut mettre la table et le couvert et se faire un peu la cuisine. Vivre et travailler à la Maison m'a appris à mettre la nappe tous les jours. »

*

Le père de Jean-Marc est né en Sicile, d'une famille de sept enfants. Son frère aîné est tailleur, il est plus brillant et dégourdi que les autres : il a travaillé à Paris avant de partir pour l'aventure en Algérie. Là il a ouvert un magasin et très vite appelé à la rescousse son plus jeune frère. L'affaire, située place de la Bastille à Oran, s'est développée. Juste avant la guerre d'Algérie, l'oncle de Jean-Marc est mort d'une banale intervention chirurgicale et son père s'est retrouvé seul aux commandes du magasin. Mais sans l'oncle qui avait toujours un peu été le « parrain », la famille s'est retrouvée démunie. Très vite, la guerre est arrivée ; puis l'indépendance et l'exil.

Pendant que ses parents tentent un nouveau départ à Marseille, Jean-Marc trouve refuge en Italie, chez ses grands-parents. Il n'y reste qu'un an et son souvenir de petit garçon arrivant non sur la splendeur du Vieux-Port mais dans une triste cité, c'est l'inquiétude de savoir comment il va leur dire bonjour — il ne les a pas vus depuis si longtemps...

Son père a trouvé à s'employer chez un

tailleur à Marseille puis à l'opéra, où il fait des costumes de scène. Malgré la modestie de leur condition, il n'est pas question — tradition sicilienne oblige — que sa mère travaille.

À l'école, sa timidité est si « maladive » que sa mère l'emmène justement voir des médecins pour l'en guérir.

L'ouverture, la faille, vient paradoxalement du sentiment de sa propre laideur. C'est une « laideur remarquable », découvre-t-il, qui fait que, malgré la distance (il est un pied-noir, à l'éducation assez stricte, face à des Marseillais, beaucoup plus libres), on ne l'oublie pas.

Au fil des années, tout ce qui en lui est perception d'une insuffisance devient une chance qui le rapproche des autres au lieu de l'en séparer. Il ne se juge ni brillant, ni cultivé, ni beau, ni débrouillard : il est adopté par les autres, protégé, entouré, presque intouchable.

Il naît en lui une conviction qui le construit, lui donne cette structure intérieure : il peut très bien ne pas *avoir* (beauté, culture... et même certitudes) et pourtant *être*, exister avec intensité dans sa relation avec les autres. Quand, lycéen, il va au cinéma avec un handicapé physique parce que personne ne veut l'accompagner, il n'a pas l'impression de faire l'effort d'être « gentil », il est dans un naturel où sa propre reconnaissance et la reconnaissance de l'autre sont dans une heureuse, une évidente unité.

Étudiant en médecine, Jean-Marc se juge tout aussi quelconque. Mais dès qu'il est interne, il perçoit le « retour des malades ». À l'hôpital c'est lui qu'on veut voir ; cela tombe bien, parce qu'il est celui qui veut toujours rester là, avec eux, à discuter...

Il se souvient d'une malade qui lutte toute la nuit, entre la vie et la mort. Il ne la quitte pas une minute. Il réussit à se faire livrer du Tagamet injectable par le laboratoire — la malade fait une hémorragie digestive... Il parvient, à force de ténacité, à améliorer son état avant qu'elle ne décède, finalement, le lendemain. Il va voir son chef de service et lui dit : « De toute façon, je crois que ce que je faisais n'avait pas de sens, elle n'avait pas envie de vivre. » Le médecin le regarde, stupéfait.

Jeune médecin, Jean-Marc fait des remplacements. S'il arrive à l'heure des repas, il mange avec ses patients avant de les examiner. Il est heureux de cette vie de « médecin de campagne » itinérant, des relations qui se nouent — comme avec cette vieille dame à qui, le matin, il amène de la gelée royale parce qu'il habite dans les Alpes et que c'est la seule chose qui lui fait plaisir, qui l'aide à ne pas glisser... (Il a revu la vieille dame il n'y a pas longtemps : elle a plus de quatre-vingt-dix ans et elle se souvient de la gelée royale à la petite cuiller !)

Quand il évoque son engagement, Jean-Marc, comme beaucoup, date le choc de l'apparition du sida : mais il y a dans les années antérieures la naissance d'une culture de l'attention à l'autre, fondée sur un instinct très sûr du mot et du geste justes.

Il est un domaine au moins où Jean-Marc ne se sent pas à l'aise : il vit l'affirmation progressive de son homosexualité comme une pulsion adolescente qui s'attarde et non comme un choix, une préférence acceptable. L'ambiguïté est difficile à assumer dans les amours, difficile dans les amitiés. Il en arrive à des situations qu'il se refuse à vivre. Il décide de couper les ponts. Il fera son service militaire au Maroc. Et c'est là-bas qu'il fondera sa première « maison ».

*

Franco-Sicilien né à Oran, grandi à Marseille, Jean-Marc se sent plus arabe que français, et il est plus à l'aise au Maghreb qu'à Paris. La coupure avec sa famille, avec ses attaches amicales et affectives le libère et le renforce. Il y a souvent une file d'attente à la porte de la villa qu'il partage avec un ami, il voit et soigne parfois une centaine de personnes dans la journée.

Il y a de la chaleur partagée, des amis qui passent à toute heure pour boire un verre ou partager une peine. Les journées n'ont ni commencement ni fin. Jean-Marc s'accorde — enfin, pour la première fois — l'indulgence qui l'autorise à vivre ce qu'il veut vivre.

Le Maroc, c'est aussi la rencontre avec Antoine et leur amitié passionnée.

Au retour, après quelques hésitations, Jean-Marc prend les engagements professionnels et humains qui vont marquer sa vie. Face au sida naissant, il est l'un des pionniers de la vie associative : c'est la fondation d'Aides en Provence, dont il présidera la branche aixoise ; c'est aussi la reprise d'un cabinet sur le cours Mirabeau, les « Champs-Élysées » d'Aix. Il n'y a ni paradoxe ni contradiction dans cette « installation ». Comme il le dit joliment, il a simplement décidé d'être un « médecin de campagne à la ville ». De même qu'étudiant il organisait les camps de ski de telle façon que ceux qui avaient de l'argent paient pour ceux qui n'en avaient pas, il fait en sorte que dans son cabinet sa clientèle plus « huppée » paie pour les paumés. À partir de la fin des années quatre-vingts, il accueille sans remède, mais sans réserve, cette population nouvelle qui commence à déferler : les séropositifs.

C'est l'époque du sida-ignorance — c'est l'époque du sida-arrêt de mort. Certains se suicident à l'annonce de leur séropositivité. Ceux qui découvrent en eux-mêmes la force de résister trouvent chez Jean-Marc une écoute, de l'aide, une rupture de l'isolement...

Son ami Antoine est allé s'installer à Paris mais ils restent proches. Quand Antoine lui annonce sa maladie, quelque chose se déchire en lui. Tous deux se retrouvent régulièrement et font alors le vide autour d'eux pour vivre cette amitié où ils ne cesseront jamais, quels que soient les aléas de la vie, de se choisir l'un l'autre. Avec l'évolution de la maladie d'Antoine commence un accompagnement « à distance ». Il arrive que le téléphone sonne à deux heures du matin (c'est Antoine), à trois heures (le compagnon d'Antoine), puis à quatre (c'est sa mère). Ils vivent dans la même ville, loin de lui, mais dans les semaines où tout se défait ils se retournent vers lui et l'appellent.

Au cours des dernières semaines, Jean-Marc se retrouve face à la famille d'Antoine à qui il doit faire accepter en bloc la maladie de leur fils, sa mort prochaine, certaine, en même temps que la découverte d'une vie dont bien des aspects étaient pour eux demeurés dans l'ombre. Un jour de novembre 1992, Antoine meurt.

Dans l'automne parisien, c'est alors comme si, sous l'effet de la douleur, tous les éléments de la vie de Jean-Marc se mettaient en place et lui dessinaient son projet tel qu'il sera, exactement. Cela s'appelle la Maison.

*

Quand le projet de ce livre est né, Jean-Marc a d'emblée écarté l'idée d'en être l'auteur. Il y aurait eu, pourtant, une légitimité que personne n'aurait songé à contester.

Mais dire « je » ne l'intéresse pas (le récit qui précède est une pénible reconstitution de fragments livrés à contre-cœur : un côté de lui persiste à se juger « moins intéressant que les autres »), et il est toujours en promenade entre le « tu » et le « nous » ; quant aux temps, il n'en reconnaît pas d'autre que l'indicatif présent.

D'une certaine façon, la relation entre Jean-Marc et la Maison est comme la relation entre Jean-Marc et la vie elle-même : intégralement dans l'instant. Assis derrière son bureau, son téléphone portable à la main, il fait signe à un malade qu'il arrive tandis que d'un œil désolé mais charmeur il glisse à Jean-Louis que oui, ils se verront à dix heures avec Chantal pour préparer la réunion formation. Il a dans la tête en même temps la visite d'une famille qu'il faut littéralement porter dans son désarroi, un coup de téléphone au service hématologie de l'hôpital d'Aix, la réunion avec la DDASS et le patient qui ne réside pas du tout à la Maison mais à qui une amie lui a demandé de rendre visite.

Mais dans chacun de ces moments, il ne vit pas comme un homme pressé : il est absolument présent et donne à chacun (sauf à Karine, la secrétaire de la Maison, qui le considère avec une tendresse frisant l'exaspération) ce qu'il attend, avec le temps, la qualité d'attention nécessaire. À l'extrême limite, si on comptait les journées non en heures, ou même en minutes, mais en secondes, mais qu'on soit capable de mettre dans chacune de ces secondes une concentration unique d'intelligence, d'humanité, d'écoute, d'expérience, on pourrait atteindre une efficacité encore plus grande — et avec ça dormir dix heures par nuit.

Chantal : « Moi je dis : il est tombé dans un chaudron quand il était petit parce qu'il a cette capacité intuitive à prendre en compte l'être qui est en face. Et il l'applique en tant que médecin. Le pire c'est qu'il ne s'en rend même pas compte. »

Un des paradoxes de Jean-Marc est sa facilité à élaborer des principes d'équipe qu'il transgresse dès qu'une situation particulière le lui fait sentir nécessaire. Il y a là à la fois un rapport au temps (une de ses phrases préférées : « Ce que je vous dis aujourd'hui n'est valable que pour aujourd'hui ») mais aussi, plus fondamentalement, un rapport à l'autre : le principe — quelle que soit sa validité, qu'il n'hésitera pas à réaffirmer — ne tient pas devant une situation humaine. Ce n'est pas de l'ordre du choix, c'est de l'ordre de l'évidence.

Sa perception de l'humanité de l'autre est tellement globale, tellement intuitive, qu'aucune structure (pourtant nécessaire), aucun discours (pourtant utile), aucun schéma fonctionnel (inévitable), etc., ne résiste devant son mouvement naturel : écouter, parler, toucher, aider.

Comme il le dit, « il m'arrivait pour aider certains membres de l'équipe de faire des choses que je n'aurais pas dû faire. On a réussi à cadrer tout ça un peu mieux, et maintenant j'ai changé : je les fais en cachette ».

Jean-Marc n'a rien inventé : ni le soin palliatif, ni la lutte contre le sida, ni même la « formule » de la Maison (celle de Toronto par exemple existe depuis longtemps). Sa réussite, celle de la Maison, est dans une qualité de prise en charge : « Quand on prend en charge globalement le malade, on prend en charge globalement le travail, c'est-à-dire non seulement les patients mais toute l'équipe qui travaille ici. »

Pris isolément, les éléments qui constituent cette prise en charge n'ont rien de miraculeux ou de spectaculaire : « le regard sur l'autre, l'attention, comment on prend à quelqu'un la tension attentivement, comment on fait des gestes qui ne demandent pas plus de temps mais qui permettent d'enrichir notre relation avec les autres ».

Mieux, je n'ai jamais relevé chez lui (pas plus que chez les autres membres de l'équipe) la moindre trace de suffisance. « Un être exceptionnel fait des choses que les autres sont incapables de comprendre ou de faire ; nous faisons des choses que les autres pourraient faire. »

Il y aurait à dire sur cette banalisation (et Jean-Marc reconnaît lui-même qu'à faire les choses avec naturel on se condamne d'une certaine façon à ce que personne ne les voie) ; il reste qu'au stade où elle en est aujourd'hui, la Maison porte une richesse d'expérience qu'il est trop facile de dire unique pour mieux l'écarter... Répéter « Vous êtes formidables... » permet d'éviter les réflexions de fond que les façons de faire, de vivre, de soigner, de réfléchir et travailler ensemble devraient susciter.

Jean-Marc a le sentiment d'avoir toujours exercé son métier de la même manière. « Je suis assez sensible, en fin de compte », dit-il en souriant.

Tu parles.

*

La Maison est une maison du Sud où l'on rit et l'on pleure, parfois en même temps, une maison où il est *impossible* de ne pas trouver une main à prendre si l'on a du chagrin. C'est une maison où il y a de la place et qu'il est difficile, *douloureux*, de quitter.

Cette maison d'enfance est née d'un rêve d'enfant.

Les escaliers des autres

Chantal est la première qui m'accueille chez elle et nous passons d'abord des heures à parler des voyages, des enfants, de comment font les hommes avec les femmes. Pourquoi ces nanas magnifiques ne trouvent pas des mecs qui assurent, hein, dis-moi ça. Et moi je leur fais peur il paraît — je te fais peur à toi ? Elle boit du thé partout où elle passe ; dans un rêve je la verrais suivie par une ribambelle de petites tasses. Elle cite une phrase dont elle a oublié l'auteur (chinois, forcément chinois) : « Je bois du thé pour oublier le bruit du monde. »

Elle a une longue silhouette fine, une sorte de noblesse légèrement intimidante. Son accent est du sud — de tous les suds à la fois, il fait le tour de la Méditerranée comme une sorte de rose des vents. Il passe dans son regard une flamme noire, qui peut être moqueuse et tendre mais aussi lancer de la glace brûlante. Ce qu'il peut y avoir de blessant en elle n'est rien d'autre que ce qui est blessé.

Chantal a quitté le Maroc à huit ans, seule avec sa grande sœur. Au bout d'un mois elle a été rejointe par sa mère puis, seulement après un an, par son père, mécanicien dans l'armée de l'air, mobilisé en Algérie. Cette inexplicable séparation, cette brutalité de l'exil sont encore présents dans sa vie, non comme de vieilles blessures mais comme une plaie ouverte. « Chez nous, il y a une phrase qui tient lieu d'éducation : on souffre en silence. »

Elle a vécu récemment la rupture avec son compagnon de beaucoup d'années et le père de son plus jeune fils : la douleur de la femme retrouvait les cris silencieux de la petite fille dans ce pays où il fait toujours froid.

L'exil. Je me souviens de Dante : *Tu connaîtras la douleur de monter et descendre les escaliers des autres...*

Chantal vit l'exclusion de l'autre (que ce soit le vagabond au bord de la route, les immigrés Sonacotra, les malades du sida...) comme une déchirure personnelle, avec la révolte d'une enfant — que l'expérience de l'adulte vient enrichir (sans l'adoucir), organiser (sans la calmer), fournir en mots justes et en armes de lutte (sans que le mystère et le silence derrière la séparation ne soient réellement dissipés). Vivre avec des fantômes, vivre avec des cris qui n'ont pas été criés, des questions demeurées sans réponse, ou bien des questions jamais posées... Est-ce qu'on en a jamais fini avec ce deuil-là ? est-ce que cela se répare ?

L'un des points de passage de Chantal a été la découverte des conférences — puis des livres — de Marie de Hennezel. Qu'est-ce qui l'a frappée ? la tendresse. Il était possible de la donner (et donc de la recevoir) dans chacun des gestes qui nous relient à l'autre, dans les regards, dans le partage du souffle. Il était possible de mettre des mots là où il n'y en avait pas. Dans ce monde violent, où les pères ne cessent de partir sans prévenir pour des guerres incompréhensibles d'où ils reviennent avec des histoires qui font rêver les autres et des blessures qu'ils taisent et viennent inscrire dans la chair et l'âme de leurs enfants, il était possible de vivre une utopie de la douceur — ailleurs que dans les longs voyages en Inde, les musiques de plus loin, ailleurs que dans les rêves et les passions. Il n'y avait pas — même — plus proche : la main de l'autre, ce sacrifié de la vie, cet être à la maigreur cadavérique, dont le corps est dévoré par la lie-de-vin du Kaposi, que la sournoiserie de la peur entoure, différent dans sa préférence, différent dans sa vie, pitoyable et insupportable, désespéré, drôle et seul si seul — sur cette île du sida où l'on se croise, se cogne, séparé du continent par cette mer de silence, de bêtise méchante, d'ignorance... Hommes si proches, hommes si lointains, frères qui ne vous parlez pas, mères qui ignorez (et pourtant elles savent, bien sûr, elles savent et ne veulent pas savoir, elles aiment en silence, comme elles le couvrent de baisers dans le secret des nuits, comme à l'intérieur de leur cœur elles accomplissent des gestes inouïs), pères qui anathémisez — et vous autres enfants grandis si vite, au corps martyrisé, qui partez dans la galère, à la dérive, comme des morceaux de bois brisés.

Ils deviennent ses frères et elle est fière d'organiser, au sein de l'association Aides, un des premiers réseaux d'aides ménagères de France. Ce relais lui a été transmis par un ami, Jean-François — Jean-François qui meurt à son tour, toutes les figures qui disparaissent les unes après les autres et il faut trouver des gens pour faire les courses et faire le lit, nettoyer la merde et panser un peu de souffrance. C'est avec peine qu'elle recrute des femmes qui vont là où les autres ont peur d'aller sans gants, sans masque, sans blouse et sans sur-blouse.

Ces vies qui se rencontrent font un bruit terrible, les amitiés qui naissent sont belles et pleines de cris — vies désordonnées où la naissance est proche de la fin, les sanglots des gueulantes et des hurlements de rire.

Les premières croix blanches se plantent dans le petit cimetière de l'âme. À chaque nom un visage, un geste particulier, un mot, une façon d'être ou bien presque rien — à peine une ombre —, mais tu portes le poids de ces mots qui ont croisé ta vie et l'ont transformée, tu portes les cris et les larmes, tu portes la merde et le sang, tu portes tous les conflits, tous les ratés — tu portes le monde.

Elle a rencontré Jean-Marc sur un regard, au cours d'une réunion d'Aides. Qu'est-ce qui les rassemble ? Tout, rien, on verra plus tard. Là où la colère active de Chantal dissimule le doute, l'incertitude, la réconciliation permanente proposée par le sourire de Jean-Marc définit le territoire d'un monde où il est possible de vivre.

Dans l'association où s'élabore bientôt la Maison, l'un des leurs s'étonne : pourquoi ne s'arrêtent-ils donc jamais pour « penser », pourquoi travaillent-ils sans cesse dans l'urgence ? « Si nous n'avions pas travaillé comme ça, s'insurge Chantal, nous n'aurions jamais rien fait. » Elle serait restée avec ce regret d'un rêve passé à portée de son rêve.

Comme elle, Jean-Marc a quitté, enfant, l'Afrique du Nord — séparation qui ne joue sans doute pas (en tout cas consciemment) le même rôle dans sa vie mais qui les rapproche tout de même, enfants gorgés de soleil qui ont été exilés du mauvais côté de la Méditerranée. Ici, pour elle, près de quarante ans plus tard, dans la douceur d'un hiver aixois bien clément, il fait toujours un peu froid.

Jean-Marc la choisit, la désigne... Pourquoi ? Avec Jean-Marc ce serait plutôt « Pourquoi pas ? »

Leur alliance se forge au quotidien, dans le militantisme à Aides, avec ses fraternités et ses inévitables luttes de pouvoir.

Chantal se retrouve seule avec Jean-Marc au soir de la mort de son ami Antoine. Nous sommes en novembre 1992, au lendemain du jour des Morts, et ils boivent à l'ami disparu. C'est au Maroc que Jean-Marc et Antoine se sont rencontrés, c'est le Maroc qui manque au cœur de Chantal (elle n'y retournera, avec sa mère, que bien des années plus tard), et j'imagine qu'ils parlent de l'absent au pays de l'absence.

Au milieu de cette nuit-là, de ce chagrin unique, c'est-à-dire humain, c'est-à-dire semblable à tous les chagrins qui dégringolent autour d'eux, émerge l'idée de la Maison.

Il existe des lieux d'inspiration similaire dans d'autres pays ; l'idée a peut-être déjà été évoquée (impossible d'en fixer le temps avec Jean-Marc, qui ne cesse jamais un instant de rêver, d'entreprendre, de pousser), mais Chantal se souvient que c'est à cet instant-là que le projet se met à briller avec cette netteté particulière des choses qui n'existent pas et dont on *sait* pourtant qu'elles vont exister, à la manière d'un bateau dans la nuit, dont on devine les lumières avant de voir la coque.

Les réunions commencent immédiatement, avec ceux que Jean-Marc et elle trouvent autour d'eux, comme ils se sont rencontrés — sur un regard. Certains quitteront le navire en cours de construction parce que en un regard — tout de même — on peut tout dire et son contraire, parce qu'il n'y a rien que de fragile, d'incertain, parce que rien n'est plus éloigné du miracle, de la transcendance, que ces mains qui tâtonnent, ces voix qui interrogent, ces expériences qui s'échangent... La souffrance — secrète ou dévoilée — est la matière même de leur engagement : elle les oblige donc à la plus grande clarté, à la plus belle rigueur.

Au cours d'une de leurs premières réunions, chacun vient avec une lettre expliquant sa motivation. On se lit les lettres. « Qu'est-ce qu'il y avait dedans ? — Je te le dirai peut-être. »

Plus tard, Chantal m'a montré ce petit dossier émouvant où chacun racontait son parcours à sa façon et disait, avec des mots qui pouvaient être maladroits, sa raison d'être là. Dans sa lettre, elle parle du grand cinéma de Rabat, celui qui était au premier étage et où l'on accédait avec l'aide d'un « escadron de jeunes femmes en uniforme » qu'elle connaissait toutes. « La découverte de nouvelles arcades demeure familière et inachevée. » Et puis cette déclaration d'intention qui pourrait être un acte de naissance pour la Maison : « Grandir serait un autre mot mais gravir est plus réaliste et moins sage. »

Deux ans de réunions où ils arrachent du temps à des vies déjà compliquées. Tous déplacés, tous exilés, construisant ensemble les premières marches de leur première maison.

Avant d'être un lieu d'accueil pour leurs frères, *les autres*, la Maison a permis à la plupart de ceux qui l'ont construite de poser enfin leurs valises.

« Gravir est plus réaliste et moins sage. »

*

« Coordinatrice » — je verrais ça comme une façon de soigner tout ce qui ne se soigne pas.

Les détails. Les dossiers. La Sécurité sociale, la DDASS. Les soignants qui vont mal. Les avances sur salaires. Les enterrements. Les familles qui ne parlent pas, celles qui parlent trop. Le plan de formation. Les week-ends de rencontre. Décorer la Maison. Appeler les hôpitaux, la Timone, l'IPC. Appeler les pompes funèbres. Appeler un taxi, une ambulance.

Mettre des mots là où il n'y en a pas.

*

Elle se souvient de Sébastien, un enfant polyhandicapé, un « fil de fer de douleur » qui n'a, de toute sa vie, connu que la succession des souffrances et des maladies. Un jour, c'est elle qui l'a emmené faire une fibroscopie à l'hôpital d'Aix. Sébastien avait des douleurs « tournantes » et, comme il ne parlait pas, c'était difficile de comprendre son enfer. L'examen s'annonçait difficile (il faut passer une caméra à l'intérieur du tube digestif) et Sébastien ne lui lâchait pas la main. Chantal était prête à mordre, mais le personnel hospitalier a trouvé une attitude et des mots justes — ils parlaient à Sébastien, faisaient des efforts pour se faire comprendre — et petit à petit l'examen s'est déroulé, le médecin parlait, expliquait, disait « c'est bientôt fini » tandis que Sébastien s'accrochait à sa main et Chantal voyait seulement les grosses larmes qui montaient dans ses yeux.

Faire des gestes là où il n'y a plus de mots.

Un homme

Jean-Louis se raconte comme un homme ordinaire qui mène une vie ordinaire. Il ne se reconnaît pas de compétences particulières (il avoue même une certaine inquiétude, dans les débuts de la Maison, pour cette raison-là) et il a une tendance naturelle à penser que les autres font et disent plus et mieux que lui : Jean-Marc bien sûr, parce que c'est Jean-Marc, Mireille ou Chantal, parce qu'elles trouveront des mots, les infirmières et les soignants parce que ce sont eux qui sont « au front ».

Chacune de ses phrases, chacun de ses regards et de ses gestes est pourtant empreint d'une humanité discrète et mesurée qui me semble être la marque même de la conception de l'aide à la Maison, de la façon d'y vivre et de s'y relier aux autres, de travailler ensemble, de se rendre utile.

Il y a des blessures secrètes, bien sûr, en lui comme en tout homme — mais au fil des années chacun ici s'est habitué à ce qu'il soit celui qui jamais n'a un mot plus haut que l'autre, celui qui apaise d'un regard, celui qui fait (parfois sans un mot) ce qu'il faut faire au bon moment. Jean-Louis a un bureau au sous-sol, juste à côté de l'unité mobile et de la salle des bénévoles, où il n'est presque jamais. Où est-il ? Ici, là, présence discrète qui se pose et joue à l'absence pour faire ce qui est utile, juste ce qui est utile.

S'il pouvait, il ne parlerait que de la banalité de son parcours, celle d'un infirmier à domicile, marié à une femme qui exerce le même métier que lui, et qui mène une vie simple où il ne travaille que la moitié du mois, consacrant le reste à leurs deux enfants, à des occupations simples où il retrouve un peu de la nécessaire légèreté de la vie. Il y a pourtant en lui, comme une source, de cette « bonté privée et sans témoins » dont parle Vassili Grossman et qui l'amène au chevet de ces patients dont peu de libéraux veulent. « J'étais souvent confronté à des situations de fin de la vie », dit-il avec modestie, comme si cela allait de soi. Il a de ces malades qui, après un accident cardio-vasculaire, peuvent vivre pendant plusieurs années. Il voit les familles qui soutiennent, supportent avant de craquer et de placer le malade à l'hôpital, dans des conditions qu'il sait difficiles ; il vit cela comme une souffrance personnelle (« l'impression que ce que tu as fait longtemps pendant deux heures par jour se défait brutalement ») et, en même temps, il sait bien qu'il est inutile de renvoyer aux familles un sentiment de culpabilité par rapport à cet abandon qui est d'abord un désarroi.

Et puis il y a Jean-Marc.

Leur amitié vient d'une rupture — déjà... Jean-Louis et sa femme devaient partir avec un couple d'amis en vacances en Thaïlande. Quelques jours avant le départ, le couple s'est séparé et l'ami a proposé d'amener un de ses copains. Dans cette atmosphère étrange, peut-être un peu hostile, Jean-Marc est arrivé. « On ne s'est plus quittés. » Jean-Louis n'en dit pas beaucoup plus là-dessus et, à l'entendre, cette amitié si profonde ne s'est construite que sur du quotidien — des préoccupations communes, l'affection pour les « petites mémés », des longues soirées à discuter, à rêver des projets et à rêver la vie. Deux années, aussi, où Jean-Marc est venu habiter chez eux.

Jean-Marc est devenu ce grand frère choisi, ce fils à protéger, enfin toute cette famille imaginaire qui vit dans un ami.

Avec le temps, les liens se sont aussi renforcés du travail vécu ensemble, jour après jour. Jean-Marc devenait le médecin de ceux des malades de Jean-Louis qui en avaient le plus besoin ; Jean-Marc appelait Jean-Louis pour suivre à domicile les cas les plus difficiles.

C'est l'un de ces cas qui a été décisif dans son engagement.

Guillaume était un malade de vingt-huit ans dont le sida s'était compliqué d'une myopathie, provoquant une dégénérescence musculaire et motrice semblable à celle de la sclérose latérale amyotrophique. Sa compagne également était atteinte du VIH.

Au fil du temps, Jean-Louis avait tissé avec Guillaume une relation que la maladie, dans cette nouvelle phase, défaisait inéluctablement. C'était une chose de voir Guillaume décliner — car après tout Jean-Louis ne découvrait pas avec lui les malades en fin de vie. Mais le plus pénible, c'était de voir peu à peu son corps perdre toute autonomie, c'était de sentir la relation se vider de tout contenu qui ne soit pas le geste de soin. C'était cette impression, au moment de partir, qu'il aurait fallu rester et, au moment de revenir, qu'il n'aurait pas fallu partir. C'était la tristesse des gestes impossibles, de la parole retirée — cette terrible sensation d'impuissance, ce sable qui file entre les doigts.

Guillaume a finalement été transporté en urgence à l'hôpital. Il a été examiné puis laissé dans un couloir dans l'attente d'une chambre. Il est mort dans ce couloir, avec sa compagne pour partager sa terreur.

Jean-Louis est resté sous le choc. Lui, qui n'était pas un militant dans l'âme et qui n'avait pas suivi Jean-Marc dans son engagement à Aides, s'est senti profondément secoué ; la violence qui lui était faite par cette histoire ne passait pas.

Il y trouvait quelque chose d'inadmissible : non pas qu'un homme meure, mais qu'il meure *ainsi*, dans cet abandon.

Quand Jean-Marc lui a parlé de la Maison, il était prêt.

*

Pour rejoindre le projet de la Maison, Jean-Louis et sa femme ont bouleversé leur vie — renoncé à une forme de confort matériel et moral qui s'était installé. Il ne le dit pas — mais on sent qu'à certains moments cet engagement sans réserve a dû leur faire traverser des crises, faire vaciller leur vie.

Tout cela a été fait en conscience, en peu de mots et beaucoup de gestes.

Le geste, le détail, l'ordinaire : voilà l'univers de Jean-Louis, celui de sa mesure de toutes choses. Il admire les visions et les élans de Jean-Marc, il écoute les paroles de Chantal, mais s'il veut évoquer l'âme de la Maison, il parlera d'abord et toujours des soignants, ceux qui font cette guerre au quotidien.

Il évoque avec une émotion particulière les soignantes qui s'occupaient de Sébastien, cet enfant polyhandicapé également évoqué par Chantal. Il est difficile d'aller trouver « du sens » dans une vie aussi marquée par la souffrance. Mais Jean-Louis n'en conserve pas moins le souvenir des mains des soignantes qui, à l'approche du corps de cet enfant, deviennent toutes des mains de mère, la délicatesse de ces attentions qui ne suivent rien qu'un instinct vital. Et plus tard, les mêmes femmes échangent et pleurent, elles disent leur impuissance à soulager cet enfant qui ne fait que souffrir, continûment et sans se plaindre, et dont la petite tête fait parfois un angle étrange avec le cou, comme si en se tordant elle cherchait à apercevoir un animal caché hors d'atteinte, dans la forêt.

Il est fier, en fin de compte, « d'avoir participé à la création d'un lieu extraordinaire avec des gens ordinaires ».

Il est fier du fonctionnement de la Maison, de son côté « utopie réalisée », de son aspect social : la culture de l'échange permanent, où nul n'est défini par sa fonction ou son grade, mais par l'information qu'il partage avec les autres, parce que son geste lui a permis d'établir une relation avec l'autre. Peu importe à cet instant qu'il soit médecin, agent de service, aide-soignant, infirmière... Il est lui-même et relié aux autres : cette acceptation au quotidien, qui n'est pas toujours facile, est un des fondements de la Maison.

Jean-Louis ne définit pas pour autant une sorte de modèle autogestionnaire. Il y a une hiérarchie à la Maison — et notamment une perception claire de l'autorité du « groupe des trois » fondateurs qu'il constitue avec Jean-Marc et Chantal. Simplement, la qualité de l'échange au quotidien, la valorisation permanente du travail des soignants, la qualité des sentiments partagés, tout cela permet que ne règne pas dans la relation avec cette autorité la confusion affective, faite de frustrations, de colères rentrées, de non-écoute, qui est la marque de tant d'établissements. Cela ne règle pas tous les problèmes, cela n'empêche pas les conflits : mais cela fournit une belle base au quotidien pour les aborder.

La fierté de ce lieu ne lui fait pourtant jamais oublier de quelle misère, de quel abandon il est né. Il se souvient avec étonnement du choc qu'il a ressenti lorsqu'un résidant au parcours particulièrement chaotique, traversant une intense souffrance physique et morale, lui a dit soudain : « Jamais je n'ai été aussi heureux. » Jean-Louis, bien dans sa manière, ne l'interprète pas (comme cela serait également possible et légitime) avec l'émotion du soignant qui voit son travail reconnu et valorisé, mais plutôt comme un mystère, une interrogation : qu'est-ce que ce garçon a pu vivre, avant, de si terrible pour que la phase finale de sa maladie lui apparaisse comme la période la plus heureuse de sa vie ? Jean-Louis insiste : il ne s'agit pas de l'une de ces histoires où, dans une sorte de réévaluation tardive, un patient opère ses réconciliations, calme ses colères, fait une forme de paix. L'homme est en rage, en guerre peut-être, jusqu'au bout et sans concession. C'est cela, cette vacherie, le bonheur.

Porter attention à l'autre dans la succession des petites choses qui le constituent et qui établissent une sorte de bien-être (et toujours limité, toujours remis en question : un « moins mal-être », pourrait-on dire) ; s'effacer sans cesse, disparaître, se taire : dans ce mouvement de retrait s'établit sa présence dans la vie de tous, si utile et si aimée.

La Maison, dit-il, est une dune qui vit avec le vent et les mouvements du terrain, les passages des hommes. La dune bouge sans cesse, elle monte, descend, se déplace, des grains de sable sont emportés et d'autres arrivent. La dune est toujours différente et toujours elle-même.

Mireille

« Comme nous avons vieilli ! » dit Mireille, la tête légèrement penchée sur le côté, en regardant l'album de photos. La jeunesse de son rire, l'éclat dans les grands yeux arrondis d'étonnement, l'élan qui anime le corps et jusqu'à ses mains — tout en elle dément sa constatation un peu nostalgique sur le temps qui passe et tire les traits, trace des rides sur le front et au coin des yeux.

Mireille est la psychologue de la Maison. « Psychologue » : c'est un mot qu'elle est obligée d'accepter au sens technique du terme. Il correspond à ses études et à la définition extérieure de sa fonction. Elle se dirait bien plus à l'aise avec celui de « traductrice » — traductrice d'émotions, de sentiments, de sensations. « Accoucheuse » serait peut-être juste aussi, dans ce patient travail de mise au monde qui précède le départ. « Géologue » conviendrait encore à celle qui recherche, inlassablement, les failles, les cassures, les minuscules brisures de ces vies qui passent et s'ouvrent fugitivement à elle (et alors, parfois, quelles béances, quelles avalanches !).

Elle est arrivée dans l'équipe en discrète amitié : celle avec Jean-Louis et sa femme Isa, d'abord, puis celle de Jean-Marc. Elle a partagé d'emblée sa « grande capacité d'être confiant, son aptitude, sans s'amoindrir, à parler des choses, des enjeux pour lui ». Elle ne l'a pas suivi à Aides parce que ce monde militant ne l'attirait pas, lui paraissait trop fermé, bien qu'elle ait pendant des années côtoyé d'autres mouvements — le MLF, les trotskistes, les maos...

Elle était psychologue dans des institutions pour enfants, pour adolescents, en psychiatrie adulte, elle faisait de la formation... Mais quand le projet de la Maison est né, elle a immédiatement fait partie de l'aventure.

Pourquoi cette évidence ? Sans doute à cause de cette angoisse ordinaire de la mort qui naît dans une famille et qui se transmet, se transforme en secrets de famille, resurgit quand quelqu'un décède et qu'autour de son départ s'installent des non-dits...

La petite fille qui voit partir son père en voiture se dit toujours qu'elle ne le reverra pas. « Mon enfance n'a pas été triste pour autant, mais il y a la présence de cette angoisse. Ça fait partie de mon héritage, d'une sensibilité à la disparition, à la perte... C'est une peur très intime de l'effondrement lié à une disparition. »

Ce que Mireille raconte, c'est au fond l'expérience commune, mais sa formation et son humanité particulières lui ont permis de grandir et de mettre des mots (incertains, relatifs) là où il n'y avait que des soupirs et des silences.

Elle se souvient des réunions sous les tilleuls. Elle se souvient de la sensation physique de ce mélange voulu, vécu par Jean-Marc : une rigueur professionnelle, un engagement humain, un sérieux insolent. « Nous avons pris le temps de rêver ensemble avant de faire... »

La séparation, la perte sont au cœur de cette patiente réflexion sur ce qui se fait et se défait, sur ce qui continue lorsque les choses s'arrêtent, sur ces enveloppes que l'on perd les unes après les autres et où notre identité est en quelque sorte déshabillée, mise à nu, martyrisée parfois.

Elle se souvient d'un patient qui était arrivé avec un discours très construit, une recherche psychologique et spirituelle destinée à le débarrasser de tout ce qui l'entravait pour essayer de se relier, de s'élever. « Il avait construit en lui des images, des repères, des croyances. Il était arrivé avec tous ses appuis. On s'était dit : c'est formidable, voilà quelqu'un qui arrive serein. Et ses appuis, parce qu'il est mort trop lentement, se sont tous effondrés. Il a perdu physiquement, mentalement, il a perdu l'assurance affective et ses images internes aussi. Dans ce moment où il était complètement rétracté — ce moment où les enchantements n'ont plus cours — il était dans la déréliction et tout sens était perdu. » Mais ce moment-là, de nudité intérieure, c'est encore un moment de vie.

Avec le temps qui passe, Mireille pratique de plus en plus une sorte de suspension dans le jugement qui rejoint cette suspension dans le temps qu'est le moment d'avant la mort.

Elle essaie d'apprivoiser avec les mots ce qui se passe alors, ce silence dans lequel vient se loger ce qu'il y a de plus intime dans l'être... Il n'y a plus de mots, justement, plus d'émotions que l'on puisse isoler, plus d'individus — de la « confiture d'être » pourrait-on dire, comme de l'originelle soupe de quarks. Une forme d'indifférenciation humaine où tout se passe, tout est présent en un instant. Cet instant passe bien sûr (comme passe le merveilleux moment de l'ivresse du sommet, en montagne, comme finissent la lumière du couchant, l'exacte certitude de l'amour — et il y a quelque chose de faux dans ces analogies, car ce qu'elle décrit là est un instant « brut », au seuil duquel les mots s'arrêtent), et il est pourtant une expérience qui fonde. Rien ne dit qu'il se reproduira et d'ailleurs il ne se reproduira pas, en tout cas pas tel quel. Mais sa mémoire s'imprime dans un repli secret du corps, elle refait de nous, peut-être, ces anges qui ont traversé les étoiles et sont tombés sur terre. En tout cas elle nous étonne encore par l'humanité qui coule en nous comme une traînée de lumière. Étonnement ? Plus encore : stupéfaction, sidération.

Peut-être, avec le temps, ce que Mireille appelle une « conscience de fond » se constitue-t-elle, une musique de la présence nue qui résonnera en nous, quand il faudra. Peut-être, peut-être pas... Peut-être serons-nous tout aussi démunis, tout aussi « hurlants » que d'autres. Même en nous dépouillant de toutes nos « constructions », même en allant au cœur du silence en nous-mêmes, nous ne serons jamais qu'« humains, rien qu'humains ».

Mireille évoque le premier patient qu'elle a vu mourir — et la naissance de cet étonnement dans le choc initial de sa découverte. Vincent était un peintre, un garçon brillant qui avait traversé le monde, vécu à New York. Il était hospitalisé à la Maison avec sa mère, lui VIH, elle cancer. Ils étaient assis ensemble sur le canapé et elle lui disait : « Ne t'inquiète pas, on va mourir ensemble. » C'est Vincent qui est parti le premier. Lui qui avait été fasciné par les dieux égyptiens se mettait à leur ressembler, son visage se transformait, ses traits, son regard...

Oui, son regard. « Il vit, a-t-elle écrit, mais si près de sa mort qu'elle est déjà sur son visage. »

Mireille dit qu'il y avait, à l'heure de partir, dans ce regard une interrogation d'une profondeur inquiétante et à laquelle il était impossible d'échapper. Elle se souvient de l'engagement dans son regard à elle, de cette impression d'être devenue une sorte de « passeur ». « Ce n'est pas quelque chose que tu regardes, dit-elle, tu es dedans. Je me suis dit que j'allais ramasser toute mon énergie et la lui passer. Il l'a probablement senti et il s'est vraiment accroché à mon regard. »

Elle a peut-être eu la tentation de « faire le bien », d'aider positivement les patients à « solder les comptes ». Plus cela va, plus cette tentation reflue et la finesse de sa perception des relations (car ce ne sont pas tant des individus qu'elle a face à elle que des ensembles de relations, d'une complexité parfois inouïe, où passent les vivants et les morts, les présents et les absents) l'amène plutôt à se situer dans ces failles, à accepter l'inachevé, à se contenter de fragments, à poser plus de questions qu'elle n'obtient de réponses.

« Je ne suis pas quelqu'un d'extrême, dit-elle, je ne suis pas quelqu'un de passionnel. » Cette mesure ne limite pas son engagement — elle fonctionne peut-être comme une alarme qui se déclencherait quand les choses ou les situations deviennent « trop ». Où passe la limite ? Elle est relative, incertaine, elle varie avec les jours et les patients. On peut dire qu'elle passe dans le rire de Mireille et cette façon à la fois désolée et souriante de dire parfois : « Non, ça, vraiment, ce n'est pas racontable. »

Les histoires que raconte pourtant Mireille sont pleines d'étonnements, de paradoxes. Elles ne concluent pas. « Humains, rien qu'humains », dit-elle souvent. Et elle sourit en citant Gustave Flaubert : « La bêtise, en littérature, consiste à vouloir conclure à tout prix. »

Elle se souvient de cet homme, un artisan, recommandant à ses deux fils de s'aimer comme des frères et leur laissant son entreprise, leur demandant de la faire vivre en étant solidaires. Il les aime (il ne le leur a jamais dit), il leur fait confiance (cela non plus). Le lendemain, en faisant de la varappe, l'un des fils tombe parce qu'il a été mal assuré par son frère et il manque se briser une vertèbre. Quelle leçon, quelle conclusion en tirer ? Il n'y en a pas ou il y en a beaucoup dont aucune n'est la bonne, aucune la mauvaise. Cet homme s'est (peut-être) fait du bien en faisant (peut-être) du mal à ses fils, d'où il est sorti un mal qui sera (peut-être) un bien... Quand on dit « c'est la vie », c'est ça, la vie : elle ne conclut pas, même quand elle s'achève.

Elle évoque un patient dont la vie avait été

consacrée aux luttes militantes et qui, dans un moment difficile, lui demande : « Aide-moi, toi, je ne suis pas quelqu'un de l'intérieur. »

Elle se souvient d'une femme qui lui dit : « Je voudrais que vous disiez à mes enfants que je les aime. Moi je ne peux pas, cela me bouleverse. »

Elle se souvient d'une petite fille qui veut manger alors que sa mère vient de mourir. (Elle aime ce passage des souvenirs d'enfance de Tolstoï où il raconte qu'il perd sa mère à l'âge de sept ans ; il est anéanti comme un enfant de sept ans peut l'être et pourtant il continue à jouer auprès du corps de sa mère morte. Mais quand on ouvre la porte, il a conscience du regard porté sur lui et il prend une attitude de chagrin.)

Ce ne sont pas des histoires longues où des parcours s'élaborent selon des logiques linéaires ; plutôt des moments, des éclats de vie où se reflète une infinie variété de couleurs. Son intuition les lui fait voir avec une simplicité impressionnante. Pas de grands mots, pas de jargon : elle vise juste et l'on sent que, de question en question, elle parvient souvent à se rendre efficace dans cette mystérieuse tâche d'aider tout en enrichissant, sans relâche, une interrogation profonde et personnelle.

Il lui arrive de laisser passer une sorte de tristesse devant le poids de ces vies en elle, de s'avouer « plombée » par tout cela et de rêver d'une vie où puisse entrer plus de légèreté. Elle ne parle pas — ou très peu — de cela à l'extérieur. Elle dit que ce n'est pas possible, pas dicible... Le mot est étrange dans sa bouche, parce qu'elle a ce sens du mot exact, de la nuance, qui rend beaucoup de choses justement dicibles. Pourtant elle y revient, elle insiste avec sa douceur obstinée : pas dicible, indicible, même.

Elle se souvient avec un étonnement sans ironie des premiers temps à la Maison, quand les relations avec les patients aussi bien que dans l'équipe étaient si fusionnelles que tout était vécu avec une intensité indistincte, sans discernement, sans retenue : les deuils et les fêtes, les naissances et les morts... Elle a vu et ressenti à quel point cela pouvait être destructeur dans la vie au-dehors des membres de l'équipe. Elle dit qu'elle a plus de distance aujourd'hui — qu'elle croit savoir aider sans prendre de plein fouet chacun des deuils, sans céder à cette tentation parfois de pénétrer sur un territoire qui n'appartient qu'aux proches, à la famille, aux amis... Son retrait n'est pas seulement une protection à usage personnel : c'est une forme de discrétion respectueuse.

Je crois que cette distance, qui est plus un pas de côté qu'un véritable recul, la rend très précieuse aux autres. On cherche sa justesse, l'attention d'un regard qui comprend les émotions, les partage mais ne se laisse pas submerger par elles. On se tourne vers elle et on n'a pas peur d'exprimer une colère, un sentiment fort, un doute, un sentiment d'échec ou d'impasse : présence engagée mais qui ne juge pas, patient questionnement qui éclaire d'un rayon oblique, indirect, et remet du possible dans la vie.

Mais lorsque Bertrand est mort, il y a quelques jours, les larmes lui sont montées aux yeux et l'ont emportée par surprise.

*

Depuis des années, Mireille écrit.

Fragments qu'elle arrache au vide et reconstitue patiemment, mot à mot, avec un souci d'exactitude qui n'empêche pas une musicalité naturelle.

« Elle a perdu quelqu'un, un homme qu'elle aimait tant. Elle parle de ces temps d'oubli qui la gagnent parfois. Quand elle se réveille, du sommeil ou de l'enchaînement quotidien des gestes, un effondrement immédiat la guette, une chute froide et brutale. Elle se souvient de tout et il y a ce vide en elle qui la transperce.

« D'autres fois, alors qu'elle le croit à distance raisonnable, il surgit soudainement, il est là tout entier, présent tellement fort, accentuant l'absence. Dans le même instant la joie de le retrouver et la douleur de l'avoir perdu[1]. »

L'écriture, qui lui est si nécessaire, est pour elle un outil de liberté dont elle finit par douter, à force. Il y a de brefs moments où il lui semble qu'elle a saisi la subtilité invisible de toutes ces variations humaines... « Tout ce qui fait la vie, notre vie, et tous les inachèvements, les ratages, les failles, les réparations, les bonheurs, les nostalgies. Voir tous ces gens prendre et reprendre le récit de leur vie, voir l'extrême mouvance de tout ça, de ce qui se perd, de ce qui se cherche, se rate, se fait... »

Elle s'interroge : c'est peut-être une lassitude, le poids de tous ces deuils, de toutes ces souffrances qu'elle n'en peut plus de prendre en plein cœur, soir et matin.

*

« Parce que tout de même, cette étrangeté de continuer à vivre quand d'autres s'arrêtent[2]. »

1. Mireille Destandau, *L'Oubli du monde*, manuscrit inédit.

2. Mireille Destandau, *op. cit.*

Commencements

Ils racontent tous le même épisode. Ils sont assis dans la Maison qu'ils viennent d'inaugurer. Il y a encore de la peinture qui sèche, des prises électriques non posées, Dieu sait combien de choses qui manquent. Ils attendent le premier malade.

Il s'appelle Paul et il est sage-femme. Il a demandé s'il pouvait venir avec son chien Juju et ils ont dit oui.

Ils se tiennent par la main : Jean-Marc, Chantal, Jean-Louis, Mireille, Brigitte, Anja, Michel...

Certains ressentent de la gêne, d'autres de la tendresse, une forme d'amusement. Ils ont peur aussi et ils sont fiers ; tout simplement ils sont émus.

Anja dit : « Nous savions que nous ne serions plus jamais tous ensemble en même temps. »

*

Quand on demande aux fondateurs de la Maison de faire l'histoire de ses débuts, on retire cette impression de cette conspiration heureuse qui, avec le recul du temps, nous semble toujours entourer nos actions réussies.

Chacun, dans son parcours personnel, retrouve les jalons et tâtonne à la recherche d'une nécessité dans ce qui ne fut, peut-être, qu'une succession de hasards et de rencontres...

La première occasion de formuler « concrètement » un projet date du début des années quatre-vingt-dix. Elle s'appelle Fausto. Fausto est un malade du sida dont le médecin traitant est Jean-Marc et l'infirmier Jean-Louis. C'est avec Fausto et son entourage que naît le « projet Maison ». Il s'agit dans leur esprit d'un lieu qui prendrait le contre-pied du rejet et de la méfiance qui entourent la plupart du temps les homosexuels dans le milieu hospitalier français : une maison qui, leur étant réservée, serait pour eux un havre de paix.

Jean-Louis mais aussi Jean-Marc ne le perçoivent pas de la même façon. Même s'ils ont une sensibilité particulière à la détresse des malades du sida, ils ne veulent pas — à aucun prix — d'un ghetto. La Maison doit pouvoir accueillir *tous* les malades en fin de vie. Il reste que le « projet Fausto » a fait souche : même si le terrain qu'il offrait ne se révèle pas praticable, même si le projet mis en route par Jean-Marc et les siens est différent, il a cet immense mérite de les avoir mis sur la bonne voie — de leur avoir donné l'intuition que le rêve ancien pouvait se loger entre quatre murs.

J'essaie de demander comment la cooptation s'est faite, au départ. C'est comme si les gens avaient été là et que Jean-Marc ou Chantal aient dit : « Tu veux venir ? » et qu'ils aient répondu oui. Professionnellement, ils arrivent d'horizons bien différents : il y a un médecin, des infirmiers qui ont l'expérience du domicile, comme Jean-Louis, ou des structures hospitalières, un kiné, mais aussi des femmes qui viennent du réseau d'aides ménagères monté par Chantal.

Comme le raconte Mireille, ils se retrouvent à la première réunion, et Jean-Marc part sur un thème du style : « On va essayer de comprendre pourquoi on est tous ensemble. » Chacun lit sa lettre à haute voix devant les autres, pour expliquer ses motivations, sa façon d'envisager l'aventure.

Jean-Marc parle du choix de l'amour.

Chantal évoque l'enfance.

Mireille : « Dans les larges allées des certitudes et des professions de foi, je ne suis pas à mon aise. Il me faut des césures, des silences, après la musique et après les mots, des moments suspendus. Il me faut des instants stupéfaits. C'est là, dans la faille, comme un mot qu'on aurait sur le bout de la langue et qui pour l'heure ne vient pas. »

Chacun évoque ses expériences personnelles les plus intimes, ses interrogations les plus profondes.

« On avait un trac fou, dit Mireille, mais c'était vraiment très chaleureux. On ne se connaissait pas encore beaucoup et tout de suite on se livrait. C'était un peu gonflé mais ça a créé un lien. On ne s'est pas dit “on veut sauver le monde”, on s'est dit que si on était ensemble, il y avait quelque chose dans nos histoires qui nous liait, il y avait quelque chose à faire. C'était d'emblée à la fois très sérieux et aussi, en même temps, très affectif. »

On va chez les uns, chez les autres, on se réunit sous les tilleuls à la belle saison, on est ensemble dans une espèce de bouillonnement organisé. Il y a une sorte de confiance instinctive — de certitude que « ça va se faire » alors que rien encore n'est acquis, que les démarches sont parfois difficiles, qu'on change plusieurs fois de terrain, que le financement est encore incertain... Pas de doute pourtant que c'est dans ces deux années-là qu'une cohésion particulière se forme — cette façon si spéciale d'être ensemble qui est encore la marque de la Maison.

C'est comme si, naturellement, les compétences nécessaires se rassemblaient. Chacun ramène de l'extérieur ses expériences et ses relations... Chantal a été touchée par sa rencontre avec Marie de Hennezel : on part en stage avec Marie... C'est comme si la spontanéité humaine de l'élan avait une capacité innée à générer une réflexion, à déboucher sur un certain mode de fonctionnement. Il y a un but.

« Chacun, dit Mireille, identifié dans son rôle, essayait d'apporter quelque chose, pas de façon concrète mais de façon réfléchie. On a vraiment rêvé ensemble, rêvé ensemble avant de faire. Je pense que c'est ça qui nous lie si fort. »

Chantal, montant son réseau d'aide à domicile dans le cadre d'Aides, a développé des relations personnelles avec des administratifs ; avec Jean-Marc, ils trouvent à la DDASS, à la Sécurité sociale, des interlocuteurs ouverts le plus souvent, disponibles et même passionnés.

« C'est grâce à Hélène Prodon, le médecin chargée du sida dans les Bouches-du-Rhône, n'hésite pas à dire Chantal, que la Maison a pu ouvrir. Elle a été la cheville ouvrière administrative. Elle s'est engagée partout. Et elle nous a défendus, partout. »

Il se trouvera ainsi, à chaque étape, dans les institutions des personnes pour « faire interface » et s'engager au point de gérer les tensions internes qui en sont la conséquence... Comme le dit l'actuelle responsable locale de la Sécurité sociale, les mêmes consignes sont envoyées dans chaque département, mais la mise en place varie. Une circulaire ouvrant de nouvelles possibilités peut être utilisée de façon créative, ou bien il est possible de multiplier les obstacles pour la vider de son contenu. C'est une question de personnes.

C'est cela qu'à l'instinct Jean-Marc et Chantal ont compris : ils ne se sont pas préoccupés des institutions elles-mêmes, des circuits administratifs ou réglementaires. *Ils ont tenté d'impliquer des personnes,* et une fois qu'ils ont réussi, ces personnes les ont guidés et leur ont permis d'éviter les obstacles.

Celui qui reste le plus discret sur toute cette période, c'est Jean-Marc. « À l'inauguration, beaucoup de gens me regardaient avec incrédulité et me demandaient : comment vous avez fait ? » Et il ajoute, rêveur : « Franchement, je ne sais pas. »

*

L'expérience presque fusionnelle de la création de la Maison, les souvenirs très particuliers liés à ses deux premières années de fonctionnement laissent à ceux qui l'ont vécu une impression de nostalgie parfois un peu terrifiée.

Leur solidarité naît, au quotidien, avec les malades du sida qui sont l'immense majorité des premiers patients de la Maison. C'est valable pour ceux qui, comme Thierry, y sont particulièrement sensibles parce qu'ils sont eux-mêmes séropositifs ; c'est également vrai pour ceux, comme Michel ou Brigitte, dont les proches ou les amis sont victimes de la maladie. Mais cela va bien au-delà... Il est impossible de résister à l'énergie qui anime cette jeune communauté, de compter ses heures ou ses gestes.

On vit à la Maison le jour et la nuit, on en rêve quand on n'y est pas.

Par un jour de beau temps, Patricia se souvient qu'ils emmènent des malades à la plage, empruntant les coussins du canapé de l'entrée pour qu'ils soient plus confortablement installés.

« Au début, raconte Sylviane, on revenait avec la tête en bas des pieds. On passait en même temps du rire aux larmes, on s'asseyait dans la cuisine, on chialait, après on allait dehors, on riait. » Patricia surenchérit : « C'est pour ça que c'était trop intense... Je ne pouvais pas rentrer chez moi le soir en pleurs, avec les gamins qui rentraient de l'école et qui disaient : "Tu sais ce qu'il m'a fait ?" »

Mais pour une qui trouve un équilibre, la plupart des vies privées explosent.

Tout ce qu'il y avait de banalement incertain, de communément frustrant, dans les relations avec des conjoints — tout part en vrille, en morceaux. Quel mari, quelle compagne ou compagnon, peut résister à cette intensité ? Quelles petites situations du quotidien sont supportables ? « Tu finissais tes deux ou trois jours où tu faisais douze heures d'affilée, dit Muriel, mais tu n'étais que dans la Maison, avec les patients que tu avais pris en charge... Alors je pense que ça a fait avancer des choses qui auraient sûrement avancé — juste un peu plus vite. Parce que tu vas tellement à l'essentiel que si à côté ça ne suit pas, tu ne peux pas faire semblant. »

Comme dit Zazia, « nous avons appris à améliorer nos relations — mais avec nos ex ».

*

Les premiers temps, Patricia écrivait sur un cahier d'écolière un petit mot pour chacun des patients qui décédaient. Mais d'au revoir en adieu, de salut en à bientôt, les mots ont fini par peser et elle s'est arrêtée.

« C'était trop », disent Jean-Louis ou Mireille. C'était trop — et aussi c'était beau.

Pour certains, ce « trop » reste, cinq ans plus tard, une période qu'ils regrettent et dont la nostalgie s'attache à leur vie.

Pour d'autres, c'est la marque d'une adolescence rebelle et insolente qui a débouché sur un âge adulte où l'engagement humain n'est pas moindre, mais seulement mieux canalisé, mieux compris, mieux intériorisé.

Et pour Jean-Marc, qui est tombé dans un bain de « trop » quand il était petit, ce « trop » est une source jamais tarie.

Chemins

Chaque témoignage des membres de l'équipe de la Maison parle de séparation, de deuil, de ruptures, il dit des pertes et des exils. On n'arrive pas dans ce lieu « par hasard » — c'est même pour Chantal et Mireille, qui assurent les premiers entretiens d'embauche, un des sujets de conversation principaux avec les candidats. Qu'est-ce qui vous amène là ? Quand la réponse est un discours, même bien construit, sur le désir d'aider et le besoin inné de dévouement, la prudence est de rigueur. Non qu'il soit interdit de vouloir aider et que se dévouer soit déconseillé... Mais parce que l'engagement à la Maison fait apparaître chez ceux qui le vivent leurs failles personnelles les plus intimes, les plus anciennes. À ceux qui ont fait un travail sur eux-mêmes, il est plus facile de faire face ; mais pour ceux dont le manque est enfoui, le réveil est souvent brutal. Il peut provoquer une confusion intérieure, une souffrance presque impossible à vivre où les repères disparaissent. Il n'y a plus, alors, de frontière entre le soignant et le patient ; qu'il le veuille ou non, le poids de ces séparations inachevées se retrouve présent, parfois insoutenable. On ne sait plus ce qui est la souffrance de l'autre et la sienne propre — on se croit dans la compassion et l'accompagnement alors qu'on est dans la confusion des sentiments et l'apitoiement sur soi. Une solitude s'installe, une impression d'injustice, et la séparation avec l'équipe devient inéluctable et douloureuse.

Même pour ceux qui ont fait du chemin, cette confrontation existe encore, on n'est jamais dans le domaine de ce qui aurait été réglé « une fois pour toutes ».

Là où l'on se croyait en sécurité, un détail de la vie d'un patient touche sans qu'on s'y attende, sans qu'on comprenne bien pourquoi ; on se sent traversé par une hostilité soudaine et incompréhensible, ou au contraire par un sentiment de fraternité si intime qu'il en devient douloureux.

Quelles que soient leur maturité et la qualité de leur réflexion personnelle, les soignants utilisent alors les nombreuses possibilités que la Maison leur offre pour comprendre et partager ce qu'ils vivent. Bien qu'ils aient identifié les éléments de cette énigme personnelle, ils les réassemblent sans cesse, comme dans une sorte de puzzle que la vie ferait et déferait sans cesse.

*

Parmi les lettres de motivation de l'équipe d'origine, une seule s'est perdue — c'est celle de Michel.

Michel est un grand garçon aux cheveux blonds et courts. Son sourire esquissé va bien avec sa raideur timide ; il s'exprime pourtant avec une précision et un recul qui prouvent une intelligence souple et sans cesse en recherche. On le sent mis relativement à l'abri de la violence des émotions par cette réflexion, par une façon d'exister non seulement dans le présent mais aussi en référence à des projets.

Michel était, avant d'entrer à la Maison, adjoint au directeur d'un supermarché. Mais la maladie de son ami, atteint du sida, l'a poussé à entreprendre des études d'infirmier, afin de pouvoir l'accompagner. Il évoque ce bouleversement de sa vie avec une émotion retenue qui la rend évidente.

Il se souvient de son passage dans un service de gériatrie : quatre-vingts malades par infirmier le jour, deux cents la nuit... Puis, à travers la rencontre avec Jean-Marc, c'est la participation à l'ébullition du projet de la Maison. C'est aussi les sentiments particuliers liés à certains malades, à certains décès, surtout lorsque l'on voit surgir des visages amis. Ainsi de Dominique, qui est arrivé à la Maison sans le prévenir, mangé de honte. La première fois que Michel l'a vu dans sa chambre, il s'est tourné contre le mur, recroquevillé, comme pour ne pas le voir.

Pour Patricia, une bénévole gardannaise qui travaille maintenant à la cuisine, c'est la mort accidentelle de son petit frère, quand elle avait douze ans, qui a développé chez elle une angoisse de la mort si profonde qu'elle en est venue, un jour, à déposer sa candidature dans la boîte aux lettres de la Maison.

La plupart des soignants ont vécu des parcours qui les ont confrontés, tôt ou tard, à la maladie et à la perte ; il est rare que ce ne soit pas au cœur de leur propre souffrance qu'ils aient forgé une détermination solide.

Amar est l'un des agents de service. On perçoit en lui une ambivalence apprivoisée au fil des années, une tolérance qui est venue sur une colère ancienne et qui parfois resurgit. Il n'est pas facile de se découvrir homosexuel dans une famille musulmane — de le vivre sans honte ni peur. Amar s'en sort avec les gestes et les mots — parce qu'il connaît le sens de son travail, et parce qu'il est capable de poser les mots, comme des prières.

Les premières années de Zazia ne sont qu'une longue succession de séparations : séparation de sa sœur jumelle dès sa naissance, à cause d'une maladie grave qui la maintient longtemps en couveuse, entre la vie et la mort, puis pendant dix ans dans le milieu hospitalier... Séparation de sa famille biologique puisqu'elle a été élevée par une infirmière qui s'était prise d'affection pour elle... Séparation de sa communauté d'appartenance puisqu'elle a grandi dans la religion catholique... Séparation d'un père qu'elle ne connaît pas et dont elle apprend, à douze ans, qu'il est mort. Face aux larmes des autres, elle a la haine.

À voir son visage expressif, attentif, à entendre ses remarques posées, pleines d'une sorte de retrait de sagesse, on ne peut qu'être impressionné par le travail de transformation personnelle dont elle a été capable.

Ce n'est pas nécessairement dans l'expérience personnelle que les motivations des soignants trouvent leur origine : ce peut être aussi dans l'insatisfaction, le traumatisme parfois, de la vie professionnelle. Pour Muriel, une infirmière qui travaille aujourd'hui dans l'équipe mobile avec Michel, elle a découvert les malades du sida en travaillant à domicile. Mais c'est à l'hôpital qu'elle a vécu avec révolte le traitement infligé aux malades : les couverts jetables, les gants, la blouse et la sur-blouse pour pratiquer les examens... « Et ces pauvres jeunes gens, je me souviens, ils étaient aussi maltraités verbalement : “Tu t’es encore cagué dessus, tu es dégueulasse !” » Après dix ans de pratique infirmière, c’est à la Maison que Muriel a découvert que ce qu’elle avait appris à l’école infirmière n’était pas théorique.

Pour Nadia, c’est une promenade en bateau qui lui a ouvert le monde des soins. Adolescente plutôt révoltée (« Électrique, tu dirais ? — C’est ça, oui »), elle sympathise dans un bar avec Robert, un handicapé physique. Après deux heures de conversation, il lui donne rendez-vous sur un quai du Vieux-Port de Marseille. Nadia a un instant d’hésitation.

Mais il y a une telle qualité d’attention, de gestes, de regard chez Robert qu’elle promet d’être là... Cette première sortie en mer en amène d’autres où se développe leur amitié, leur complicité. Pendant ces sorties en Méditerranée, Nadia a la sensation que quelque chose naît en elle — elle entrevoit un au-delà de sa colère. Aider les gens comme lui, c’est s’ouvrir le monde. « Affronter le mistral, dit Robert, c’est dépasser nos craintes et nos peurs. »

Sébastien, un des derniers infirmiers entrés à la Maison, a été frappé par les décès très rapprochés de deux proches de ses parents, quand il était adolescent — le premier d’une leucémie, la deuxième après une contamination par le sida au cours d’une transfusion.

Devenu infirmier, pendant un stage à l'hôpital, il lui arrive d'aller simplement, après son travail, au chevet d'un patient atteint d'un cancer, pour lui tenir la main ou rester à côté de lui. « Une infirmière est passée, elle m'a vu et elle a dit : "Qu'est-ce que tu fais là, sors vite de là !" À l'époque j'avais tout juste vingt ans, je n'avais pas l'aplomb... Mais ça m'avait fait mal à l'intérieur. »

« Dire pourquoi je suis ici ? Je ne sais pas. » Marie aussi est arrivée récemment à la Maison et elle a trouvé sa place avec naturel et spontanéité. « La prise en charge me satisfait et c'est énorme de savoir qu'on fait un travail abouti. »

Sans complaisance, elle évoque le regard porté par les autres. « Tu es infirmière, les gens trouvent ça très bien. Mais alors en soins palliatifs, tu es la personne la plus merveilleuse ! » Marie balaie d'un rire et d'une phrase la tentation narcissique que cette admiration pourrait susciter ou réveiller. « Ils ne savent pas : je pourrais être la pire des garces. »

« Les raisons profondes ? Je m'en fous, en fait. »

*

À la Maison, les médecins sont dépouillés volontairement de toute forme d'autorité hiérarchique liée à leur « position », à leurs années d'étude, à leur statut social... Ils sont détenteurs d'informations qui ne sont pas « supérieures » à celles d'un agent de service, comme Amar, ou d'une infirmière stagiaire. S'ils ont une compétence technique qui les rend capables de faire évoluer un traitement dont les résultats ne sont pas satisfaisants, de porter un diagnostic, de donner une réponse à l'interrogation d'un soignant, c'est dans un dialogue où l'*argument d'autorité* (je suis médecin, donc...) n'a pas cours, mais l'*argument de compétence.* Encore cette compétence sera-t-elle toujours reliée à la connaissance de l'ensemble de la personne malade — cette compétence est *elle aussi* une relation.

Cette position est la position « naturelle » de Jean-Marc, celle dans laquelle il se trouve sans effort. Il a eu d'extrêmes difficultés à la « faire vivre » aux médecins qui sont passés à la Maison, et Jean-Michel est le premier qui, dans la durée, semble l'intégrer sans souffrance ou perte d'identité.

Même pour Jean-Michel — il le reconnaît sans peine — c'est le fruit d'une évolution, d'un long parcours.

Père de quatre enfants, Jean-Michel est issu d'une famille de médecins et porteur d'un vieux « rêve africain ». Son implication vient plus du scoutisme, d'une « certaine idée de la médecine » finalement très ancrée dans la noblesse de la tradition, que du militantisme anti-sida.

À l'origine, comme pour tant d'autres, c'est sa rencontre avec Jean-Marc qui l'a attiré vers la Maison. Il a surmonté le problème de légitimité personnelle qu'il a pu ressentir à lui succéder un peu partout : dans la reprise de son cabinet à Aix, puis dans l'engagement militant, les responsabilités dans le réseau... Il est devenu « lui-même » dans son mi-temps à la Maison comme dans son activité hospitalière à laquelle il tient beaucoup.

Il exprime à coups de plaisanteries, parfois légèrement provocatrices, un « point de vue » qu'il veut plus « scientifique » — en tout cas plus rationnel qu'une certaine tendance au verbiage sentimental qui peut l'exaspérer. « Il ne faut pas, sous prétexte d'une prise en charge globale de la personne, ignorer le symptôme et sous-estimer la technique. C'est la technique qui peut permettre de faire céder la douleur. Essaie voir d'établir une relation avec un malade qui souffre trop physiquement... »

Il avoue sans peine (mais il est vrai que nous sommes au milieu de la nuit...) qu'il a du mal non seulement à exprimer des émotions mais tout simplement à les ressentir.

Et pourtant, Jean-Michel est le premier à reconnaître qu'il y a dans sa position un système de défense que l'expérience de la Maison le pousse à démanteler, jour après jour... Lui, qui rejette cette émotion fusionnelle de l'instant de la mort, juge suspectes les relations affectives trop poussées avec les patients, raconte avec pudeur et simplicité les relations qu'il a nouées avec certains, dans sa consultation hospitalière ou à la Maison. Il accepte de se laisser surprendre. Il accepte aussi de se sentir parfois inquiet de son impuissance face à une situation (il lui est arrivé, dit-il, de faire demi-tour devant la chambre d'un malade pour aller chercher son stéthoscope). Et chez lui, il montre les paquets de cigarettes que certains malades lui ont offerts. (Scientifique peut-être, mais il fume...)

Il a la sensation que son évolution personnelle rencontre celle de la Maison : de l'humanitaire vers l'humain, de l'interventionnisme vers l'efficacité.

Et il a ressenti du soulagement quand Chantal (qui du point de vue « culturel » se situe à l'opposé de lui sur le spectre) l'a reconnu, lui a « accordé sa place ».

*

Les motivations des bénévoles ne sont pas moins solides et personnelles que celles des soignants. Ainsi Didier, avec son sens aigu du récit, évoque ce groupe d'amis avec lesquels il se retrouve chaque année pour skier, en Italie, dans une grande maison. Il a établi une relation particulièrement proche avec l'un d'entre eux, Gianni. Un été il l'appelle et ne le trouve pas. Pris d'une inquiétude soudaine, il traverse la frontière pour se rendre chez lui. Il ne trouve personne. Va au garage où Gianni travaillait : ce n'est plus un garage. Enfin il voit l'antiquaire voisin sortir de sa boutique avec un client. Didier le suit, lui demande des nouvelles de Gianni. « Il est mort », dit seulement l'antiquaire. « Quand cela ? — En novembre. — Mais de quoi ? »

L'antiquaire ne répond pas, il a juste ce geste désolé, impuissant. « Le sida ? » insiste Didier.

L'antiquaire hoche la tête.

Ensemble

Vivre et travailler à la Maison, c'est une certaine façon d'être ensemble. C'est une façon d'être soi dans son travail en même temps qu'avec les autres. Vivre et travailler à la Maison, c'est vivre un *lien* de l'intérieur.

Cette utopie en action ne constitue en rien une communauté « idéale » où l'ensemble des rapports seraient « parfaits ». Elle indique une possibilité de faire face aux difficultés humaines du quotidien qui ne plonge pas chacun dans la frustration et la révolte qui semblent être le lot commun de tant d'équipes dans le monde hospitalier et ailleurs.

Le personnel de la Maison n'est pas mieux payé qu'ailleurs, ses horaires ne sont pas plus favorables... Malgré les trente-cinq heures, la gestion du travail de nuit y provoque, surtout pour les jeunes mères, des déséquilibres familiaux qu'il n'est pas facile de gérer. J'y ai vu comme ailleurs des colères, des tristesses, des désarrois, des conflits personnels, des crises d'équipe.

Et pourtant je n'y ai pas rencontré un membre du personnel soignant qui *s'y plaigne*. Ce privilège caché, cet « avantage acquis », ce serait le réduire (et non le grandir) que de dire : oui, mais ici les gens sont exceptionnels, ils ne sont pas comme les autres...

Je me souviens de ce que m'a dit Brigitte, une des infirmières de l'équipe d'origine : « Ici, tout le monde est magnifique. » Elle ne voulait pas seulement dire les soignants, l'équipe... Elle parlait des patients, de leurs familles... Quand « tout le monde » est magnifique, c'est que « personne » ne l'est en particulier, c'est que le lieu lui-même, tel qu'il a été créé, tel qu'il vit et évolue, a cette capacité de rendre possible l'émergence du « magnifique » présent dans chaque être humain.

Ce qui est magnifique à la Maison c'est cela : l'humain. Et l'humain n'est le privilège d'aucun individu.

*

Deux heures de l'après-midi. Réunion de transmission. Jean-Marc et Jean-Michel sont présents mais ce ne sont pas eux qui « dirigent » la réunion. Chaque soignant a en charge trois malades en particulier, et chacun les présente, faisant le point des soins de la matinée, de l'état moral et physique. Chacun des assistants à la réunion, qu'il soit médecin ou employé de service, bénévole ou salarié, échange ensuite les informations utiles sur le patient, afin d'enrichir la connaissance que l'équipe en a. Éric, l'ostéopathe, ou Christophe, le kiné, décrivent les séances qu'ils ont menées avec un patient, répondent à des questions sur le confort de certains mouvements. Jean-Marc propose d'ajuster un traitement mal perçu par un malade.

Ce jour-là, il est longuement question de Frédéric, qui s'est levé pour la première fois depuis longtemps et en a ressenti une émotion violente. Après le moment de bonheur, il a été inondé de transpiration pendant le repas et Fati l'a remonté dans sa chambre.

« Tu crois que tu peux lui laver sa tenue ? demande-t-elle à Héléna. Parce qu'il n'y a pas grand-chose dans sa valise et je sais que demain il doit avoir la visite de son amie... »

Il peut y avoir une forme d'épuisement à guetter ainsi des signes minuscules chez les patients, mais aussi chez leurs proches et jusque chez les membres de l'équipe eux-mêmes. Être dans la vérité humaine, c'est accepter d'être dans un monde perpétuellement changeant où l'on est « questionné » sans cesse.

*

« Être ensemble » à la Maison est une culture au quotidien.

On est ensemble dans la réunion, ensemble dans le rituel mensuel des deuils, ensemble dans les réunions (formation, organisation...), ensemble dans les week-ends, ensemble dans les fêtes...

On est ensemble à la « régulation » (ou « groupe de parole ») qui a lieu toutes les semaines avec Michelle, une psychologue extérieure à la Maison et qui, sans doute, la connaît avec une intimité exceptionnelle.

Viennent à la régul' ceux qui veulent : ceux qui veulent parler d'un problème personnel ou relationnel, d'une difficulté, d'une colère, d'une interrogation ; ceux qui veulent simplement écouter.

Michelle a fixé quelques règles qui sont à la fois des rappels et des garde-fous : ne pas parler d'un problème avec une personne sans avoir essayé de le régler directement avec elle ; ne pas évoquer ce problème en réunion sans que l'autre n'ait été invité à y être présent également ; savoir écouter les autres ; se souvenir quand on parle que l'on parle à la fois pour soi et pour les autres... Tu es une île et la mer qui te sépare des autres îles de l'archipel est aussi celle qui t'en rapproche.

Michelle, au cours de ces six années, ne se souvient pas s'être retrouvée seule en régulation. Une fois peut-être ? Elle n'en est même plus sûre. Mais en tête à tête souvent. Est-ce que ça se transforme alors en une espèce de confession ? Pas du tout, sourit Michelle, au contraire — le groupe est rarement aussi présent que dans ce face-à-face...

*

Infirmières, aides-soignantes... Jean-Louis y revient toujours. Parce qu'elles sont au combat tous les jours, dans un engagement où toute tricherie est impossible.

Qu'est-ce qui fait la différence entre eux et leurs camarades de promotion de l'école d'infirmières, il y a une dizaine d'années ? Non pas une qualité qui ferait de Michelle et Fati, d'Alessandro et Anastasia, de Sylvie et Marie, de Nadia et Marion, des héros modernes au courage et au dévouement « admirables ».

Ils sont — elles sont — le plus souvent des individus chaleureux et attachants ; certains d'entre eux sont capables d'un regard dont l'acuité est très belle ; ils ont une culture de l'écoute qui leur permet l'emploi du mot juste.

Mais ce qu'il y a de plus fort, c'est le *lien* entre eux.

Bri

À l'hôpital, on avait formellement déconseillé à Jean-Marc d'engager Brigitte. « Elle est folle, disent-ils, vous ne savez pas à quoi vous vous exposez. Cette fille a un grain, quelque chose qui ne va pas. » Pourquoi ? Le soir du 14 Juillet, elle a tourné les lits des malades vers la fenêtre pour qu'ils puissent voir le feu d'artifice.

Jean-Marc la regarde avec une tendresse qu'il tente à grand-peine de maintenir dans le domaine du raisonnable. Brigitte dit *toujours* ce qu'elle pense et Brigitte fait *toujours* ce qu'elle veut (ou presque). Brigitte travaille pieds nus et elle parle aux résidants avec une liberté de ton absolue. Brigitte est intégralement engagée dans ce qu'elle fait, tout ce qu'elle fait, et il n'est pas question de lui demander une position de retrait ou de prudence.

« Elle est incapable de rentrer dans un moule, dit Jean-Louis. Mais elle a l'authenticité et la générosité qui vont avec ça. »

Et Jean-Marc surenchérit : « Même s'il y a quelque chose qui ne va pas avec elle, je ne vais pas la pointer du doigt devant les autres. Son engagement est tel que ça m'est impossible. S'il faut, j'irai la voir chez elle et je lui parlerai. Durement, peut-être. Mais ce sera entre nous. »

*

Elle a un visage d'Indienne — squaw de chez les Sioux, de chez les Navajos. Ses traits ont été dessinés par un sculpteur qui n'a rien voulu laisser de lisse, de poli. C'est une sacrée cavalcade que ce visage, un territoire du mouvement perpétuel au milieu duquel les yeux proposent une paire de feux pour la nuit et le jour. Elle est vivante et lumineuse — non pas de la lumière des phares mais de celle des bateaux sous les vagues.

Dans le temps, elle était employée de banque... On a de la peine à l'imaginer dans ce rôle, tant elle est éclatante de vivacité, de spontanéité, d'énergie vitale ; son visage toujours en éveil se tourne vers l'autre avec une demande souriante mais radicale.

Jean-Marc était son médecin, celui de ses amis, dont l'un est mort du sida. Pour Bri, ce n'est pas une « chose de la vie » : elle le vit comme une agression personnelle et brutale. Son sens naturel de la révolte lui interdit, d'une certaine façon, de fermer le temps du deuil ; ses blessures ne saignent peut-être plus mais la douleur est vive, et le sens de l'absurde, ou l'absence du sens...

Elle a voulu entreprendre des études d'infirmière « pour voyager ». Ce n'est qu'après coup qu'une de ses amies lui a fait remarquer que pour voyager, mieux valait le BTS tourisme. Infirmière, elle n'a connu que la Maison et on l'imagine mal ailleurs (elle aussi) : elle s'identifie avec tant de passion au projet, elle y est intégrée avec ses particularités, son originalité, sa façon de parler et de vivre.

« Les patients reçoivent énormément de Bribri, dit encore Jean-Louis, une tendresse, une humanité que les autres donnent également mais avec elle ils en prennent plein la figure, de cette générosité et de cette tendresse. Elle est prête à dire tout et à entendre tout. »

Brigitte a développé avec Anne-Marie, la plus ancienne patiente de la Maison, une relation passionnée, fusionnelle, excessive. Quand elle parle d'elle, son visage est tout lumineux d'affection, un peu comme si elle parlait d'une tante qui l'aurait protégée dans ses frasques d'adolescente.

Elle parle de son amie Milena. Elles se sont rencontrées quand elles avaient treize ans. Elles ont fait toutes les conneries et tous les voyages, elles ont eu des copains et puis des enfants.

Elles ne se ressemblent pas du tout et pourtant on les prend souvent pour des sœurs (encore récemment, quand elles sont allées acheter des chaussures ensemble).

Milena a longtemps traîné une hépatite C, sans trop de dommage. Mais depuis un an elle a découvert qu'elle avait un cancer.

Pour Bri, qui se sent « marquée » par la maladie, c'est quelque chose de terrible. Pourtant, comme dirait Jean-Marc, elle préfère toujours « faire que ne pas faire ». Milena a été admise à la Maison pendant un mois et toutes les nuits Bri a fait des cauchemars. Le pire est celui où elles savaient qu'elles allaient toutes les deux mourir ; Milena était enceinte (Milena a de l'ascite et son ventre est terriblement gonflé) et Brigitte lui disait : « Tu sais que je ne vais pas pouvoir m'en occuper, de celui-là. »

Puis Milena a quitté la Maison et maintenant elle va revenir et Bri préfère, même si, sans doute, les cauchemars vont revenir avec elle. Elle a du mal avec l'idée de certains gestes : elles ont tout connu ensemble sauf cette intimité douce et douloureuse du geste de soin — mais même cela elle le fera, bien sûr. « Tu m'auras fait tout faire », a-t-elle dit à Milena l'autre jour. « Non, a dit Milena, tu ne m'as toujours pas fait la cuisine. »

Première fois

Il y a la première nuit, la première fois qu'on entre dans une chambre... Ce n'est jamais facile, même pour les soignants qui conservent cette pudeur face à l'intimité dans laquelle ils entrent brutalement. Frapper à la porte, dire « bonjour » ou « bonsoir », c'est une politesse minimale mais aussi une façon d'apprivoiser cette peur.

*

La première fois que Didier est arrivé à la Maison comme bénévole, il est entré dans la chambre d'un jeune homme enfoui sous ses couvertures. « On l'a un peu dérangé, il s'est redressé. Et il m'a regardé. » Il y a ce regard dans lequel beaucoup de choses passent : une souffrance qui n'est pas forcément nommée, une attente qui n'attend rien, de la pure présence... Il y a ce que Didier y met, comme chacun au début et peut-être toujours : une sorte de honte d'être là, un peu voyeur, avec en tête sa bonne santé, le week-end qu'on a passé à la plage avec les copains...

La première chambre dont Didier passe la porte seul est la 2, au rez-de-chaussée, avec Sophie, une jeune fille dont l'abord est un peu revêche. Didier entre avec son petit plateau et se présente. Elle le toise, le juge en un regard. Il remarque le très beau bracelet en or, style années trente, qu'elle porte au poignet. Elle lui dit qu'en cuisine ils lui coupent son jambon mais elle refuse qu'il le fasse. Didier va vers la porte et elle le rappelle. « Tu pourrais me couper mon jambon ? » Elle sourit, un beau sourire qui éclaire son visage un peu sévère. Elle lui demande où il habite et elle lui demande des choses de la vie. Il se rend compte que son week-end à la plage, ses histoires de copains ne sont pas ce qui le sépare d'elle, au contraire. Elle veut savoir, elle veut qu'il raconte : c'est la vie. (Il la revoit le mardi d'après, elle veut marcher avec lui, ils font quelques pas. « Et je suis revenu chaque mardi avec l'angoisse qu'on ne marche pas, l'angoisse de ne plus la revoir. »)

Puis Didier entre dans la chambre 4. Il y a un résidant du nom de Philippe, avec son frère. C'était une famille, a-t-il appris plus tard, où rien ne se disait et où tout se chantait. Philippe regarde Didier : « Tu aimes Johnny Hallyday ? »

demande-t-il. Comme Didier dit oui, Philippe se lève et l'entraîne au rez-de-chaussée, dans le petit salon de l'entrée, et il se met à lui chanter *Que je t'aime*, comme ça, au milieu de la nuit.

Quand Didier est reparti il était cinq heures du matin. Il se sentait plongé dans un état de bonheur sans angoisse. Venu pour donner il avait reçu une leçon de vie. Une leçon de vies, peut-être, au pluriel. Il s'est couché heureux et fatigué.

Au réveil il avait devant lui le visage de Philippe et, comme dans la nuit, ils restaient tous deux à se regarder sans parler. « J'avais ce visage de Philippe, ce regard comme s'il me demandait quelque chose. » *The answer, my friend, is blowin' in the wind* : *Elle m'oublie, Que je t'aime, J'ai oublié de vivre.*

Il n'y a pas de réponses, ni le jour ni la nuit.

« J'ai appris à avoir des blancs et à ne pas les combler. »

Petits noms

À la réunion de transmission de l'après-midi, on évoque Michèle, une patiente entrée la veille que Jean-Michel a examinée et qu'il appelle Mimi. « Mimi ? » s'étonne quelqu'un, « c'est son petit nom ? — J'ai entendu son mari l'appeler comme ça. » Dans l'esprit de chacun, Michèle (« une petite dame très mignonne », dit encore Jean-Michel) est devenue Mimi.

En dehors de Jean-Marc et Chantal, il est rare que les gens de la Maison n'aient pas été ainsi renommés, parfois plusieurs fois. Jean-Louis est devenu Loulou, Michelle Fonfon ou Fonfonnette (et pour Jean-Michel seulement : Bidibulle), Brigitte Bri ou Bribri comme Fatima Fati, et ainsi de suite. Karine s'appelle Bouclette (elle n'aime pas beaucoup ça), Sylviane est devenue Gédéon, Zazia Zitoone ou Zitoonette et Christophe Biquet.

À l'école, en Italie, on appelait Alessandro : Magno, « le grand », parce que lui (si frêle d'apparence) voyait toujours tout en grand.

Les patients retrouvent ainsi des diminutifs qui les ont accompagnés toute leur vie (Manu, Nath...) ou bien sont rebaptisés avec plus ou moins d'espièglerie en fonction d'une ressemblance soudain découverte... C'est ainsi, malgré ses protestations, qu'une patiente dont le prénom s'est égaré a été rebaptisée Zézette par Jean-Marc, en lointaine analogie avec une des héroïnes du *Père Noël est une ordure.*

C'est une délicatesse sans importance, si l'on veut, mais par laquelle la vie continue à couler, les mots d'affection à passer, les plaisanteries à fleurir...

*

Il n'y a pas de diminutifs pour les médicaments, pour les traitements, pour les plaies, les souffrances parfois intolérables — ce ne sont que des choses à appeler par leurs noms.

Restent deux mots qu'on a du mal à dire — des mots mille fois vécus et qui ne vont toujours pas de soi : la maladie et la mort. À la Maison, on ne dit pas un malade, encore moins un mourant : on parle d'un patient, d'un résidant. On ne parle pas de mourir mais de décéder, ou de partir (il faut accepter l'ambiguïté du dernier mot, qui recouvre aussi des retours à domicile ou des hospitalisations dans d'autres établissements).

Ce n'est pas une de ces pudeurs de jeune fille qui les empêcherait d'appeler les choses par leur nom. Ils le peuvent et le font et la réalité de leur travail au quotidien ne laisse pas de place à l'euphémisme.

Parler ainsi, c'est simplement faire preuve d'une ultime — et peut-être dérisoire — douceur face à la violence de la mort. Comme les diminutifs, comme les baisers et les sourires, comme les blagues et les fêtes, c'est une façon d'amortir le choc, de détourner le coup.

La vache de Frédéric

À la réunion de transmission, Chantal a posé la vache au milieu de la table. C'est une sculpture donnée par la compagne de Frédéric, qui est décédé le samedi matin et dont le corps est encore à la Maison, dans la chambre funéraire.

La vache arrive dans la réunion et, bien que rien ne soit dit sur Frédéric, les regards se posent sur la vache qui reste quelque temps sur la table avant, toujours par la main de Chantal, d'émigrer sur une étagère du côté, où sans doute elle va rester.

La vache est en fil de fer, élégante et légère. Elle est associée à Frédéric, à son étonnante beauté. Mireille appelait Frédéric « l'homme pressé » parce qu'il voulait toujours tout régler, tout finir... On comprend le sentiment d'urgence qui l'habitait lorsque l'on se souvient que sa maladie aussi était pressée.

Elle a été si rapide, si dévastatrice qu'elle ne lui a pas donné le temps de subir les affections de peau qui sont le tourment quotidien de ceux dont le VIH évolue sur plusieurs années.

Quelques jours après l'arrivée de Frédéric à la Maison, Jean-Marc lui avait proposé de se mettre debout. Il avait appelé le service où il était hospitalisé auparavant et demandé s'il y avait une raison de ne pas le lever. Les explications embarrassées ne l'avaient pas convaincu.

« Tu veux ? » demande-t-il à Frédéric, qui dit que oui, il veut bien essayer. Alors Jean-Marc et Jean-Louis le soulèvent doucement de son fauteuil, le déplient jusqu'à ce qu'il soit debout, incertain comme une statue sans socle. Puis ils le lâchent, et Frédéric se rend compte qu'il tient debout, les mains simplement appuyées sur les épaules de Jean-Marc.

Quand il se rassied il pleure, submergé par l'émotion de s'être redressé ne serait-ce qu'une fois, alors qu'il s'était vu assis, allongé bientôt pour toujours.

Puis un sourire radieux lui vient aux lèvres, comme s'il venait de faire une visite express au paradis.

De ce sourire, de son allure insolente de surfeur bronzé, il ne reste plus qu'une vache et une prière qu'il a écrite quelques jours auparavant :

Ô Dieu père tout-puissant,
lorsque j'étais un petit bateau, nommé le Vox, *j'ai navigué ma vie durant,*

d'eaux claires en eaux troubles, suivant les courants ou les vents...

jusqu'au jour où j'ai heurté l'écueil.

Ma coque, de toutes ses poutrelles, ses vis et ses clous, se défit sur ses deux flancs... [...]

En mon centre reposait mon âme, intacte, à peine meurtrie, vers un nouveau dessein elle semblait prête à vous suivre.

Au lever du jour, si mes ailes se collent, mon ange gardien parviendra-t-il à me les rendre ? Moi qui ai si souvent rêvé que je m'envolais en battant des ailes ? des bras.

La prière de Frédéric est dans le livre de la Maison et sa vache voyage maintenant dans l'esprit des vivants, de ceux qui passent sans savoir ce qu'il y avait d'amour dans cette histoire (et aussi de colères et de bagarres, de solitude et de déchirement).

La vache est entrée dans le décor, à côté des dizaines d'autres objets, dessins, tableaux qui marquent le lieu et forment les plis de sa mémoire.

Chantal raconte qu'hier une maman est venue voir l'olivier qu'elle avait planté avec son fils, aujourd'hui parti. C'est comme une symbolique très dense de ce qui nous attache à ceux qui ont quitté nos vies : une présence minuscule dans leur absence majeure, une boucle du temps, une relation qui s'établit dans la solitude.

Tu es là, vous êtes là, vous êtes tous là, une sorte de peuple dont la réalité est indéniable, un peu à la manière de ces cavaliers chinois dont les statues en terre cuite ont été retrouvées. Il y a aussi les mots, les poèmes, les phrases (dans les livres à l'entrée), les photos (dans les albums en bas, près de l'unité mobile), et quand il n'y a rien de tout ça il reste peut-être un souvenir évoqué, un détail.

Cela vient de temps en temps comme une surprise. Krystoff, le facto (à ne pas confondre avec Christophe le kiné) évoque le souvenir de Richard, un résidant devenu aveugle mais qui prenait des cours de guitare avec le mari de Lola, qui travaille à la cuisine. Ils aimaient les mêmes musiques, les Stones, Bowie, Peter Gabriel. Il se souvient d'un jour où Richard jouait tout seul un blues dans le salon de la villa des familles. Il s'est adossé au mur sans se montrer et l'a écouté jouer, ressentant les émotions, les fausses notes, les grincements du manche et les « merde » de ce bluesman aveugle qui allait mourir. Krystoff regarde ses pieds et il me dit : « Tiens, je porte ses *shoes*, là. »

Parfois, sans doute, il n'y a plus d'objet, plus rien d'individualisé, encore que le lieu et l'espace lui-même soient le témoignage que si cet être-là n'a rien laissé qui soit « de lui », il est tout de même présent, à défaut d'une vache, par un prénom.

Gestes

« Le geste est une relation. » C'est une des phrases préférées de Jean-Louis, qui souffre parfois en sa qualité de « responsable des soins » d'être le plus souvent privé de cette intimité particulière avec les résidants. Il n'en a que plus d'admiration et de tendresse pour les mains patientes, douces et précises, qui touchent, mesurent, apaisent, pansent, soulagent et — quand tout cela ne sert plus à rien — restent simplement posées sur une épaule ou une joue.

Il y aurait une façon de vivre de l'intérieur ce qui se passe à la Maison sans aucun excès de mots : ce serait simplement de suivre la succession des gestes des soignants. On en aurait l'expérience physique, affective, tactile — on en percevrait la justesse —, on sentirait tout ce qui peut passer à travers ces gestes dans la subtilité profonde du contact qui s'établit alors avec les patients. Et, à la limite, on garderait le silence.

*

Le plus silencieux de tous, c'est Pierre. Infirmier dans la Marine (il a même suivi l'école des Mousses), il est ici aide-soignant pour cause d'absence d'équivalence des diplômes. Pierrot, m'avait-on prévenu, ne dit jamais rien. Ce n'est pas vrai ; il met dans un mot isolé tout ce qu'on peut y mettre et quand il l'a trouvé il se tait à nouveau, souriant, satisfait de ce mot-là qui n'en dit peut-être ni plus ni moins qu'un autre mais qui est le sien, exactement. Pourquoi en dire plus ? Pourquoi broder ? Quand la discussion se perd dans ce qu'il estime (silencieusement) être des digressions, le sourire est un jugement plus sévère que bien des discours.

Pierrot va rarement dans les groupes de parole. Son évacuation du stress c'est de venir travailler à vélo : quinze kilomètres aller, quinze kilomètres retour.

Souvent, les patients le réclament, parce qu'il est « si gentil » — autant dire qu'il met dans chaque geste, à commencer par les plus simples, une extrême douceur et qu'avec lui le sourire passe dans les mains. « Quand tu rentres dans la chambre et que tu le vois en train de masser quelqu'un, dit Jean-Louis, tu ressors, tellement tu as l'impression qu'il y a une osmose. » Puis il ajoute : « Pour l'équipe, on aimerait qu'il puisse mieux partager son expérience... Mais est-ce que c'est organisé, transmissible ? Ou bien est-ce une manière d'être ? Je ne sais pas. »

Être intégralement présent dans cette « relation du geste », par les mains, par la position du corps, par le sourire (même si le patient ne le « voit » pas), par le souffle — porter une délicatesse d'attention totale à chaque soin (car le simple changement d'un pansement peut être une torture) —, peut-être en effet cela rend-il les mots, ou en tout cas les discours, inutiles.

*

Michel, l'un des infirmiers de l'équipe mobile, parle de la nécessité de ne pas se laisser entraîner par cette rumeur dans l'esprit, qui a tendance à faire considérer les gestes dans une succession d'obligations (le patient d'avant, celui d'après...), mais à être instantanément engagé dans le moment présent, afin d'accomplir le bon geste, et d'être juste dans la relation. « Ainsi, ajoute-t-il, tu es complètement dans ce que tu fais — et tu es également capable de le quitter quand c'est fini. »

*

À travers le toucher, la perception d'un corps qui parle, parfois sans mots. Christophe, le kiné, dit qu'il peut ressentir toute la gamme des sentiments, silencieusement, à travers ces corps qui se crispent ou, au contraire, se détendent.

*

La toilette. En milieu hospitalier, c'est un de ces passages obligés qui structurent le travail — et parfois aussi le « mécanisent ». À la Maison, la toilette n'est pas une obligation. Elle dépend de la fatigue du patient, ou tout simplement de son envie. « Ça oblige, dit Karine, une des infirmières, à quitter les schémas rigides pour évoluer en fonction de la liberté d'organisation personnelle du patient ; ça peut changer chaque jour selon l'état de la personne. C'est la relation, l'acceptation de l'autre. C'est ça, le vrai travail infirmier, pas ce qu'on vit à l'hôpital. »

*

Il y a mille façons de prendre la température, mille façons de refaire un pansement. Certaines sont mauvaises. Aucune n'est « la bonne ».

« Le geste, dit Domi, c'est la base de tout, c'est ce qui relie au monde, à l'autre. » Même le patient qu'on n'« aime » pas, on l'« aime » à travers le geste.

*

Jérôme a demandé à voir Chantal pour écrire une lettre. Elle entre dans la chambre. Il faut s'approcher pour entendre ce qu'il dit, bien qu'il soit encore très cohérent. « Enlève cette main compatissante », demande-t-il.

*

Michelle (Fonfonnette) retrouve à la Maison un garçon qu'elle avait rencontré à la Fnac, où elle travaillait avant de devenir infirmière. Elle le voit mais lui ne la voit pas : il est devenu aveugle. Elle se présente finalement : « Bonjour, je suis Michelle, tu te souviens, je travaillais... » Il demande à lui toucher le visage et ainsi, à tâtons, il la reconnaît.

Plus tard, alors qu'elle l'aide après la toilette, il lui dit : « J'aurais jamais pensé que tu me toucherais le cul. » Michelle : « Moi non plus. »

*

Domi est avec un patient qui n'arrive pas à dormir. Elle s'apprête à lui donner un somnifère puis, sans raison apparente, se ravise. « Tu ne voudrais pas autre chose ? » Le patient suggère une boisson chaude, du cake... Coup de chance, quelqu'un a apporté un cake aujourd'hui. Plus tard, sa mère se souviendra : c'est toi qui lui as donné du cake.

*

Patricia fait le pari avec Chantal que Marie-Claude pourra jouer au ping-pong. Marie-Claude est hémiplégique et elle ne sort jamais de sa chambre pour les repas.

Patricia lui raconte l'idée. Marie-Claude aime. Les soignants disponibles la sortent sur la terrasse et improvisent une partie où Marie-Claude est quelque peu aidée.

Le lendemain, Chantal trouve la photo dans son bureau.

*

Le bain, les massages : dans l'univers du soin, la brèche d'un confort, d'une douceur de vivre qui n'est en rien conditionnée par une nécessité de traitement. Une liberté. Et donc un bonheur.

*

Jean-Marc à Patrice : « Ne t'inquiète pas, on va venir te faire un massage.

— Qui ça ? Hairïya ?

— Tu l'aimes bien, n'est-ce pas ? Oui, Hairïya. »

Patrice ne dit rien. Son visage s'éclaire.

*

Au milieu de la nuit, Nadia et Zazia sont dans la chambre de Gilles (« le beau Gilles ») quand il fait une crise d'insuffisance respiratoire. Nadia a du mal à ouvrir la bouteille d'oxygène ; quand elle y arrive enfin, elles ont un fou rire — et Gilles aussi.

*

Sébastien : « Il y avait un monsieur, il faisait cent quarante ou cent cinquante kilos, quand il fallait le mettre au bain, heureusement qu'il y avait Pierrot et moi. Voilà, il y a des trucs techniques où c'est utile d'avoir des garçons dans le coin. »

*

Krystoff, le factotum, a eu « le privilège » de donner un bain à Bertrand, dans les odeurs d'encens que Bertrand aimait, avec la musique que Bertrand aimait.

*

« Il vient un point, dit Claudine, où par le soin nous sommes dans une telle proximité, une telle intimité physiques que cela va profond en nous... On prend les malades par les bras, à certains moments on les porte ou simplement on les aide à se retourner... Quand on les masse aussi — quand tu fais un massage il n'y a pas de division, tu ressens la personne... Et la nuit, quand avec la fatigue les défenses ne sont plus là, c'est là que ça m'atteint le plus. »

*

Jean-Michel se croyait au début incapable de prendre la main d'un patient. Il le fait maintenant — en tout cas cela fait partie de ce qu'il appelle joliment les « gestes possibles ».

*

Éric, l'ostéopathe, dit qu'il y a une frontière invisible. Les premiers temps, il a souvent l'impression que par les mains le relâchement qu'il procure est la source d'un soulagement que le patient exprime par quelques mots, ou bien un léger abandon, ou encore une paix dans le souffle.

Mais quand le départ approche, le relâchement lui-même peut devenir la source d'une angoisse, provoquer un malaise qui se fait crispation de l'être, refus.

Alors il accepte de rester simplement ainsi, les mains posées, dans une présence qui ne propose aucun changement, rien qu'elle-même.

*

Zazia fait les gestes — tous les gestes — mais il lui semble qu'elle a aujourd'hui une certaine retenue intérieure qui ne l'empêche ni d'être efficace, ni d'être juste ou humaine... Elle se souvient qu'une fois — une seule — elle a fermé les yeux d'une patiente.

*

Jean-Marc entre dans les chambres. Parfois il embrasse, parfois il serre la main, parfois il pose brièvement sa main sur la main du patient. Parfois c'est simplement un signe de tête. Il n'y a pas de règle extérieure qui dicte le bon geste : il vient de l'intérieur, il est l'expression d'une sensation, d'une relation.

Ce qui est constant, c'est le regard : chaleureux, attentif, posé dans le regard de l'autre.

Voyages

La chanson emblématique de la Maison, c'est celle de Charles Aznavour, *Emmenez-moi* — emmenez-moi jusqu'au bout de la terre, emmenez-moi au pays des merveilles...

La Maison est peuplée d'éternels voyageurs dont on dirait qu'ils ont simplement posé leur sac ici, certains pour quelques mois et d'autres pour toujours — mais même ceux qui restent gardent l'âme vagabonde et le cœur ouvert aux récits innombrables des errances et des rêves des résidants. Si l'on veut, la Maison est un hôtel où il n'y a que des voyageurs et où, la nuit, on échange des souvenirs parfois à demi inventés de Paramaribo, Agadez, Luang Prabang ou Battambang, Bogotá ou l'Atlas. Les histoires sont toujours plus lointaines, on se décrit d'interminables plages, des oiseaux au plumage impossible, des forêts épaisses à n'en pas sortir, et ainsi on se nourrit des rêves des autres, on y pénètre tout en enrichissant les siens, en les faisant briller d'irisations nouvelles.

Tous les voyages s'accomplissent à la Maison — même l'incertaine expédition d'emmener des patients à la plage pour qu'ils rêvent encore devant le scintillement argent et or de la mer au couchant. Plus d'un malade allongé, immobile sur son lit, le transformait en bateau pour d'impossibles traversées. Les lieux où il n'a pas été, comme soudain il les connaît, les visages étranges qu'il n'a vus qu'en imagination, comme soudain ce sont ceux de ses frères, comme la terre où il habite est grande et petite à la fois. Voyages : goût de toutes les richesses et de toutes les pauvretés.

Il faut bien que la souffrance extrême génère autre chose qu'elle-même, éternellement recommencée, éternellement reproduite, répétée jusqu'à la nausée.

Alors emmenez-moi.

Rêves

Karine : « Il y avait une patiente qui s'appelait Marine. Je m'entendais très bien avec elle, c'était facile de discuter. Elle avait très peur, elle avait des cauchemars récurrents d'un clown qui lui demandait de faire des acrobaties et ça la rendait folle parce qu'elle n'arrivait pas à faire des acrobaties dans son rêve. Il se foutait d'elle et elle commençait ses journées en vrac à cause de ce rêve.

« En discutant avec elle, j'avais appris qu'elle avait des anges gardiens dans ses croyances, je savais qu'elle croyait à l'âme, à l'aura, etc. Donc en parlant sur ce thème, je l'amenais à prendre conscience que, dans son rêve, le clown se moquait d'elle parce que son corps spirituel n'était pas malade alors que son corps physique était paralysé. C'est vraiment l'explication qu'elle a acceptée pour sa vie ; ça lui a suffi pour arrêter le cauchemar, ça l'a tranquillisée. Elle a dit : "Oui, c'est vrai, mon corps spirituel est pur, il peut bouger", et sa peur s'est apaisée, ça lui a permis de passer à autre chose, de ne plus faire ce cauchemar. »

« C'est des petites conneries, mais ça amène un mieux-être. »

*

Bernard est un jeune prêtre bénévole qui a séjourné longtemps en Bolivie. Il se souvient de sa première saison des pluies, quand il est impossible de sortir et qu'il lit et relit les mêmes articles en écoutant la pluie tomber sur le toit de tôle. Il a gardé cette façon atonale de s'exprimer qu'il a découverte chez les Indiens, où : « Je suis très en colère » est dit avec la même intonation que : « Il pleut ce matin. »

Il dit qu'il a appris chez eux que l'on ne raconte ses rêves à son voisin que lorsqu'on est mûr pour le faire, quand le dire ne provoque pas de malaise intérieur. « Ton voisin t'aide à saisir le "mouvement" de ton rêve et c'est toi qui mets les mots pour donner la signification personnelle, celle qui te touche. »

Bernard a rêvé qu'il était trop lourd pour faire des acrobaties et c'est un clown qui l'a aidé à le faire.

Le mouvement : « Au lieu de te débarrasser de ce qui t'alourdit, tu dois en jouer pour t'alléger et vivre avec. »

*

Claudine : « Il y avait un résidant qui s'appelait Paul. Il avait un œdème qui défigurait entièrement son visage. Il était souvent agité la nuit et nous restions auprès de lui. Je me disais : "Déjà quand tu as une rage de dents, tu vois comment tu te sens... Alors là, avec de telles proportions..." Donc, ça m'est venu de prendre son visage entre mes mains, simplement, comme pour contenir cette démesure. Et c'est vrai que peu à peu un apaisement est venu.

« Quelque temps après il est décédé et j'ai fait un rêve : c'est la nuit, je suis à la Maison, je travaille... Le bip sonne, je traverse le couloir pour aller à la chambre d'où ça sonne — ce n'était pas vraiment le couloir, j'avais conscience que c'était une autre maison et en même temps la Maison —, j'ouvre la porte, c'était une chambre un peu différente. Je vois quelqu'un et je me rends compte que c'est Paul, intact, lumineux, tout est lumineux dans la pièce, tout ce qui se dégage de la pièce est comme de la lumière, et un sourire magnifique. »

La nuit

La nuit, les lumières s'éteignent une à une et il ne reste plus pour la traversée qu'un couple : infirmière, aide-soignant. J'ai l'image de la Maison devenue bateau pour une nuit en mer, avec cette salle de soins, comme une minuscule cabine de pilotage, cette sensation soudaine de fragilité. Un cri, la nuit, ce n'est pas pareil.

Domi sent le poids de la nuit au moment de quitter sa maison, vers sept heures et demie huit heures, quand les gens rentrent chez eux et que dans sa voiture elle a un moment de révolte. Pour Fati ou Zazia, le plus difficile est de laisser derrière leurs petits enfants. Et puis cela passe comme la nuit s'installe.

Huit heures et demie : transmission. L'équipe de jour passe les informations sur les douze patients, les changements de traitements décidés l'après-midi, les résultats de la visite d'un des médecins, les dernières observations, le déroulement du repas. C'est — en plus rapide —

le même esprit que la réunion de l'après-midi. (Avec ces dialogues simples, si souvent entendus : « Pascal, j'ai oublié de lui refaire son pansement. J'y vais. — Non, laisse, je vais le faire. »)

Il y a les listes parfois impressionnantes de prescriptions aux noms baroques, la famille des antirétroviraux, mais aussi toute la gamme des antalgiques, des antidiarrhéiques, des anxiolytiques... Quand l'un des médecins — Jean-Marc, Jean-Mi ou Natacha — examine un traitement en fonction d'une remarque d'un soignant ou de sa propre visite, on dirait une sorte de jongleur qui change un détail dans son numéro et tâche de voir si toutes les balles vont bien rester en l'air...

Détails... Ahmed n'a pas bien mangé ce soir. La maman de Corinne est inquiète. René est fatigué. Les enfants de Nouria sont venus. Jacqueline a des nausées. J'ai allumé la télé de Nathalie.

Les plaisanteries fusent, parfois un peu nerveusement. « J'ai demandé à Patrice s'il avait besoin de quelque chose, dit Michelle, et il m'a dit oui : un billet de cinq cents balles. » On rit. Sans se le dire, on se pose des questions. Qui dormira calmement cette nuit ? Est-ce que Richard arrachera ses pansements ? (Et aussi — mais cette pensée vient encore plus rarement au bord des lèvres : qui va partir cette nuit ?)

Lolita est de garde toutes les nuits et elle a rejoint son poste. Lolita est une chatte rousse qui doit avoir l'âge de la Maison. Elle entre et sort, vit sa vie. Mais quand la nuit vient, vers l'heure de la transmission, elle s'installe dans la salle de soins, sur le fauteuil ou sur le rebord de la fenêtre. Qu'attend-elle ? Rien. On ne sait pas. Il arrive qu'elle adopte un résidant et passe les nuits avec lui. Parfois elle passe dans les couloirs en miaulant furieusement.

Il arrive aussi qu'elle vienne s'installer devant une porte et refuse d'en bouger. Lolita vit chez elle avec la mort : elle en a l'intuition...

La tension de l'inquiétude s'évanouit dans la frénésie d'action qui dure, presque sans arrêt, jusqu'à onze heures : on enlève les plateaux-repas de ceux qui ne sont pas assez autonomes pour descendre dîner, on donne la prescription du soir, on installe pour la nuit, on met la musique, on donne la tisane, on refait le pansement.

Peu à peu les lumières se sont tamisées et la Maison s'est vidée. Ils savent qu'ils sont seuls. C'est à ce moment que Domi ressent dans l'estomac ce mélange particulier d'ivresse et d'inquiétude.

Si on est mardi, l'équipe se réjouit : c'est le jour de Didier.

Parmi les nombreux bénévoles qui passent à la Maison, Didier est le seul qui « fasse » régulièrement les nuits. C'est un grand garçon au visage fin, à la voix douce et chantante, qui a cette capacité étonnante à faire un spectacle de chaque petite scène de la vie — le tout sans la moindre affectation ou prétention personnelles. Depuis quatre ans, il a acquis une compétence qui le rend capable de faire face à beaucoup de situations. Affectueusement on l'appelle « docteur Didier ».

Vers onze heures, il y a comme une pause, une suspension dans le temps. Elle peut durer toute la nuit... Elle peut n'être qu'une accalmie de quelques minutes avant que la sarabande des bips ne commence... Elle peut se prolonger, trompeuse, une heure ou deux, avant qu'un appel ne retentisse, puis un autre — l'angoisse d'un malade, les hurlements parfois, l'agitation qui gagne l'étage, de chambre en chambre. Les soignants se transforment alors en billes qui giclent sur une roulette relancée sans relâche par la main d'un croupier qui dit « Rien ne va plus » toutes les cinq minutes...

Avec le temps, ils ont tous développé une intuition, à moins que ce ne soit une superstition, sur les premiers signes qui donnent le *tempo* prévisible. Il y a une partition familière dans la musique des bips : Anne-Marie bipe à minuit pour se coucher, à trois heures pour se retourner. Et puis il y a les notes qu'on n'attend pas.

Chambre 7 ? C'est Richard, qu'est-ce qu'il veut, Richard ? Didier y va et on entend la voix de Richard qui gueule. Didier revient. « Alors, qu'est-ce qu'il veut ? — Il dit qu'il veut un ordinateur, là, maintenant, tout de suite. Je lui ai demandé de crier moins fort. Alors à voix basse il m'a dit : "Mais tu t'en occuperas, de mon ordinateur ? " Je lui ai dit que j'allais en parler aux filles. »

Si la nuit n'est pas trop agitée, il s'installe une atmosphère particulière, un rythme où rien ne dort mais où, insensiblement, on glisse dans un pli du temps. C'est l'heure où l'on se raconte des histoires, l'heure où l'on se souvient, l'heure où, par fragments, des moments de vie jaillissent. Cela fait penser à ces nuits de fête où l'on s'installe avec les autres dans une proximité réchauffée par une légère ivresse. Chacun se pose et parle — il y a de la douceur dans l'air et les mots se froissent dans l'air comme du papier de soie.

Fati se souvient quand elle faisait la nuit dans un service de gériatrie, son impression de ne rien pouvoir faire — rien que des gestes précipités, inachevés, ne procurant aucun soulagement. Elle se souvient de son désarroi dans une maison de retraite, face aux petits vieux abandonnés. Michelle a vécu la même chose ; elle se souvient de ces nuits à l'hôpital où il ne se passe rien et où le bip qui retentit dans la poche de l'infirmière déclenche un soupir exaspéré. « Alors qu'ici, il y a des nuits où tu n'as même pas le temps de t'asseoir. »

Linda, elle, ne s'y fait pas, jamais... Elle, l'Antillaise toujours souriante, ça la met toujours de mauvaise humeur, ça lui est insupportable. Loulou le sait, tout le monde le sait. L'été, ça va encore, mais l'hiver c'est toute une histoire et Marion, qui fait souvent équipe avec elle, s'y est habituée.

Peu à peu, la conversation glisse vers les histoires des patients, vers les peurs et les moments intimes.

Linda se souvient de cette femme très belle, elle a oublié son prénom, avec ce visage amaigri et ses yeux verts, qu'elle a retrouvée morte, les yeux grands ouverts, dans une position du corps qu'elle ne qualifie pas autrement que « macabre » ; elle se souvient de Babeth, qui ce jour-là s'était habillée tout de rouge dans sa chambre où tout — coussins, châle, chaussettes — était rouge et qui, dans la nuit, mourait en crachant des caillots de sang rouge.

Certaines images reviennent et se répètent avec la peur qu'elle a ressentie, cette impression d'être prise de court et ainsi violentée.

Anja parle avec tendresse d'un patient atteint du cancer de l'œsophage, de leurs échanges. Il n'y a rien de bien, autour de lui, rien à se raccrocher que de la misère et de la tristesse, et pourtant il réussit à vivre ce qu'il appelle une « joie ». Elle dit : « Il était tout simple et tout beau, il avait un regard aussi... Il ne faisait pas de bruit et en même temps il faisait du bruit tout doucement. »

Quand la nuit s'épaissit, les mots se raréfient, les récits sont entrecoupés de pauses, de rires étouffés. On ne parle plus que des regards, du souffle. La fatigue est annulée, le temps se perd, il est deux heures, puis quatre... la tension a disparu des visages...

Parfois, au milieu de la traversée, naît le déchirement d'une inquiétude : un malaise qu'on n'attendait pas, ce changement dans un souffle... Alors on appelle le médecin de garde — Natacha, Jean-Michel ou Jean-Marc — une fois, deux fois, plus... Alors la nuit se referme et toute cette ouate assez douce dans laquelle on se lovait, rassuré par la tiédeur, redevient la nuit froide qu'il faut se blinder pour affronter.

Alors, c'est la guerre à nouveau, jusqu'au petit matin — et quand l'équipe de jour arrive elle découvre les yeux creusés, les regards au fond desquels tout est passé —, les crises d'angoisse, les décès, un, deux, parfois trois la même nuit...

Ces matins-là, on a l'impression que l'air est fait d'un verre très fin, que tout peut se briser sur un geste brusque, une parole malheureuse. On est tout au bord du silence. On s'envoie un regard. On va pleurer tout seul ou bien à la cuisine, avec Lola, Sylviane. On raconte à voix basse. Une fois, deux... On dit ces mots banals : « Ça s'est passé si vite... Je ne m'y attendais pas... Il a eu ce regard... Sa maman arrive... » Il y a une main sur une épaule, on s'embrasse un peu plus fort. On cherche le réconfort du regard chaud de Jean-Marc. On reste debout dans le hall, tout près de l'aquarium. Il y a une retenue : le deuil de Marine, qui est partie cette nuit, celui de Martine, de Bertrand n'appartiennent pas à l'équipe de la Maison. Parfois, bien sûr, il est difficile de se retenir, ou de se détourner de la demande des familles elles-mêmes qui t'entraînent dans leur propre histoire avec des mots où la douleur et la reconnaissance se mêlent. Un par un, les gens de la Maison arrivent. Ils savent, ils sentent. Ils trouvent ce qui est juste.

Dehors, le soleil se lève sur un ciel bleu lavé.

Au bord du monde, il y a aussi des matins.

La nuit est finie.

Sida

La Maison n'a jamais voulu être un ghetto pour homosexuels malades du sida, un de ces sidatoriums que M. Le Pen appelait de ses vœux.

Il est pourtant impossible de la comprendre sans l'onde de choc de cette maladie nouvelle et le souvenir des vies qu'elle bouleversa.

Elles ne sont pas si lointaines, les années de plomb où débarquèrent dans les hôpitaux, les cabinets des médecins, ces hordes de jeunes gens désemparés qui développaient d'étranges symptômes et s'apprêtaient à vivre leur mort en colère.

Au fur et à mesure que l'on découvrait qu'il n'y avait pas de « porteurs sains », que l'on prenait la mesure de l'impuissance à trouver un vaccin, que des peurs anciennes se répandaient à travers la société sans que le corps médical puisse enrayer — au contraire — cette épidémie de crainte, il se forma dans ce désarroi et ce rejet une communauté d'exilés.

Renvoyés aux marges par leur préférence sexuelle, par le Kaposi qui leur mangeait la peau, par la méfiance et le dégoût qu'ils rencontrèrent là où, à défaut d'un espoir de vie, ils auraient pu s'attendre à de l'attention et un peu de douceur, ils se mirent à se regrouper tant qu'ils pouvaient encore marcher, à devenir plus compétents sur leur maladie (après tout, cela, par un paradoxe cruel, ne pouvait *pas* leur être retiré : leur maladie était unique, elle était bien à eux) que ceux qui ne les soignaient pas, à crier, à tempêter sans relâche pour que leur histoire ne sombre pas dans l'indifférence et l'oubli. Fiers, injustes, superbes et misérables, à défaut de faire de leur mort une œuvre d'art, ils tentèrent d'en forger un outil de combat.

Mais ce que leur acharnement et leur révolte conquéraient à grand-peine, la maladie le défaisait avec son obstination sournoise et particulière, ses absences cruelles, ses attaques soudaines et inattendues.

Dans les hôpitaux, on marquait les dossiers d'un point rouge.

Les malades, on ne les touchait qu'avec des gants et les infirmières ne s'approchaient d'eux qu'avec des masques.

Et quand ils partaient, ils s'en allaient dans des cercueils de plomb.

Jean-Marc, médecin de ville, Chantal, assistante sociale, Jean-Louis, infirmier à domicile, vivaient au quotidien la détresse de ces malades indésirables, insupportables, dont les habitudes, les vêtements, les façons de parler, les parcours en désordre ne créaient que la gêne, le silence, les mensonges — quand ce n'était pas l'hostilité pure et simple.

Ils les voyaient tomber comme des mouches, dans des souffrances physiques et morales intolérables, accentuées par l'isolement social et les ruptures familiales. Ils se sentaient trop souvent furieux et impuissants, même si l'engagement à Aides (Jean-Marc, Chantal) représentait un premier pas, une première façon d'être ensemble là où la maladie et la prolifération du virus de la peur menaçaient de renvoyer chacun boire seul son amertume, soir après matin.

C'était quand ? oh, pas dans les années soixante — c'était il y a dix ans, huit ans — dans un temps que même les moins de vingt ans peuvent bien reconnaître.

Nous voulons déjà l'oublier, ce temps-là, et pourtant...

La maigre repentance de certains médecins (nous ne savions pas, l'excuse des docteurs Papon) pour les hémophiles... Mais pour les homos ? Ils attendront que leurs frères et leurs amants soient morts.

Je repense souvent à la première phrase du livre de Josef Skvorecky, *La Légende d'Emoke.*

« L'histoire a lieu, s'achève, et nul ne sera là pour la raconter... »

On ne peut comprendre les excès et les injustices, voire les absurdités, qui traversent aujourd'hui encore la communauté gay si l'on n'a pas présent à l'esprit le puits sans fond de leur colère amère, de cet abandon ignoble auquel ils furent soumis.

Nous ne pouvions pas les soigner ? Sans doute, peut-être. Mais du moins pouvions-nous les soulager, les aider, leur parler non comme à des mutants mais à des hommes. Ils étaient « difficiles », « différents » ? Il est cela, l'autre homme, toujours : difficile, différent.

Pour Jean-Marc et Chantal, pour Jean-Louis, pour tant d'autres, le souci de faire est né dans cette honte et cette urgence, face à des visages qui étaient amis ou qui le devenaient (ou ne le devenaient pas, quelle importance...), face à ces souffrants dont la souffrance était détestée, l'existence niée.

*

Il y a un péril à s'exprimer ainsi, une facilité que je n'ignore pas, une sorte d'insensible glissement vers le camp des « moralisateurs » si justement dépeints par Tzvetan Todorov dans son dernier livre[1].

Quand toutes les victimes sont mortes, prendre leur parti, c'est entrer dans un cocon plus que dans un combat — c'est se faire du bien avec le mal des autres.

Mais justement : toutes les victimes ne sont pas mortes, la guerre a lieu et elle ne s'achève pas.

Parler, c'est être dans le temps d'agir avant le temps du souvenir.

Tu passes à côté de cet homme et tu peux le regarder plutôt que l'ignorer, le toucher plutôt que l'effleurer, et l'embrasser au lieu de lui serrer la main. Quand tu seras passé, tu commenceras déjà à regretter.

Arrête-toi.

1. *Mémoire du mal, tentation du bien* (Robert Laffont, 2000).

Euthanasie

À la Maison, on ne fait pas d'euthanasie.

Ce n'est pas une position de repli (« nous obéissons à la loi »), ce n'est pas une position morale (« c'est mal »), c'est une position de principe qui est en réalité une position d'équipe. Il est difficile de ne pas être caricatural dans ce genre de débats, et aussi bien certains militants du « droit de mourir » que certains opposants absolus (pour des raisons religieuses ou de croyance) ne laissent pas beaucoup de place à l'expression d'un point de vue humain équilibré. Il me semble pourtant qu'il est nécessaire d'écouter celui de la Maison (je l'appelle ainsi puisqu'il est formulé à peu près dans les mêmes termes par tous ceux à qui j'en ai parlé), dont l'expérience est à méditer avant de reprendre la discussion.

*

« Poussez-moi dans l'escalier. » C'est la plaisanterie de Jean-Marc avec les gens de l'équipe quand il envisage une vie diminuée par une maladie incurable et handicapante. On ne peut pas mieux dire que, à la Maison, la demande euthanasique non seulement n'est pas un sujet tabou, mais aussi qu'à titre personnel, *dans l'hypothèse où ils seraient concernés comme malades*, tel ou tel membre de l'équipe est susceptible d'en parler, d'avoir des positions personnelles assez contrastées. Comme le rappelle Marie de Hennezel dans son beau livre sur le sujet[1], la demande euthanasique telle qu'elle apparaît dans le débat public est le plus souvent *une demande de personnes vivantes et bien portantes*. C'est cette demande qui est présentée par les partisans de la loi comme la base philosophique de leur démarche, cette demande qui montre en Hollande un soutien massif (plus de 80 %) de l'opinion à la loi. De la même façon, les sondages français montrent une majorité assez large (70 %) en faveur d'une loi similaire. La position commune, de bon sens, pourrait être formulée ainsi : « Je suis actuellement en bonne santé. S'il se révélait que j'étais atteint d'une maladie évidemment incurable, provoquant des souffrances intolérables, je souhaiterais avoir le

1. *Nous ne nous sommes pas dit au revoir* (Robert Laffont, 2000).

“droit” d’être aidé à mourir sans que ceux qui accèdent à ma demande, à condition qu’elle soit clairement formulée, ne risquent des poursuites judiciaires comme c’est le cas actuellement. »

Il faut reconnaître — quelle que soit la complexité des notions qu’il faut ici manier, et notamment les redoutables problèmes de définition (euthanasie passive ou active, suicide assisté, etc.) — que la version proprement *philosophique* de cette position a une simplicité et une force qui sont difficiles à contester. Ce qui est ici revendiqué n’est autre que la liberté à disposer de sa vie *jusqu’au bout* : dans ma vie j’ai le droit de me suicider, et si ma femme m’apporte son assistance parce qu’elle est convaincue par mes raisons (voire parce qu’elle a l’intention de me rejoindre), nul ne songera à la poursuivre, ou simplement à la blâmer. Pourquoi, à l’heure où ma souffrance physique et morale est la plus grande, à l’heure où ma vie est privée de sens à mes propres yeux, où ma dépendance vis-à-vis des miens est lourde, insupportable, suis-je justement privé de ce droit ?

L’argument est si puissant (d’autant, encore une fois, qu’à titre *personnel*, on peut *penser* la même chose) qu’il est difficile d’expliquer en quoi légalement, mais surtout médicalement et pratiquement, il est humain de s’y opposer non pour condamner mais pour ne pas pratiquer l’euthanasie.

*

Il est devenu coutumier dans les débats récents d'opposer les soins palliatifs à l'euthanasie : c'est en suivant ce principe que Bernard Kouchner a fait adopter par l'Assemblée nationale la loi sur le développement des soins palliatifs.

Si l'on s'écarte du terrain philosophique (ou religieux) et que l'on accepte de venir sur le terrain pratique (la situation réelle des malades à la fin de leur vie), comme le dit Jean-Marc, « l'analyse que nous faisons de la souffrance des gens est exactement la même » [que celle des partisans de l'euthanasie]. Les mots peuvent varier, mais ils recouvrent bien le même désir : celui de faire céder la souffrance, celui de rétablir une dignité personnelle, celui de considérer jusqu'au bout une *personne* dans son intégrité. À partir de ce point, entre le choix de l'accompagnement (qui peut être un engagement très fort, comme le montre l'expérience de la Maison) et celui de l'euthanasie, on n'est déjà plus dans l'ordre des évidences que les sondages cités plus haut semblaient indiquer. Pourquoi ? Parce qu'on est en face de gens qui vont *effectivement* mourir et que c'est devenu une autre histoire.

On peut le mesurer par des chiffres. Que

sont devenus les 70 ou les 80 % de sondés qui réclament leur « droit de mourir » ? Les sondages, effectués auprès de patients atteints de maladies graves mais pour lesquels le pronostic vital est incertain, tombent en dessous de 50 %. Quant à la Maison, Jean-Marc (le même chiffre m'a été donné, à titre d'estimation, par d'autres personnes de l'équipe) estime que les demandes claires d'euthanasie ont été au nombre d'une *dizaine*. Dix, sur six cent cinquante malades.

On peut à mon sens tirer de cela deux conclusions : la première est peut-être plus biologique que philosophique. Plus nous approchons de la mort moins, en général, nous voulons mourir : c'est cet instinct qui vous fait vouloir vivre encore, *plus que jamais* parfois. Au bord du monde, quelle que soit la force qui nous pousse vers le vide, beaucoup d'entre nous se retournent et veulent faire durer le plus longtemps possible cet instant de suspension. Quel que soit le jugement que l'on peut porter sur la qualité, parfois terrible, mais aussi parfois très belle, des moments vécus dans ce morceau-là de vie — et quelles que soient les idées que nous avions sur le sujet *avant* — on constate que beaucoup de patients s'y accrochent, parfois sans mots, avec une incroyable énergie.

La deuxième conclusion est plus simplement médicale : la possibilité d'une bonne prise en charge d'un malade en fin de vie, la réalité du soulagement de la douleur physique, l'accompagnement de la solitude morale, l'aide apportée aux familles permettent, *dans une grande majorité de cas*, de réduire de façon spectaculaire la demande euthanasique.

On admettra donc, en termes sociaux, qu'il est plus paisible pour tous (malades, familles, mais aussi l'équipe soignante elle-même) d'accompagner un processus naturel quand cela est possible.

Il reste que les situations ne sont parfois pas d'une absolue netteté. Comme le dit Mireille, « la demande recule, elle va et elle vient, elle ne se durcit pas, elle s'assouplit en fonction d'un jour puis de l'autre. On est plutôt dans l'accommodation ».

Il reste aussi, surtout, cette dizaine de demandes que ni les traitements ni l'humanité de l'accompagnement n'ont réussi à faire céder. Il est impossible, en toute honnêteté, de ne pas reconnaître leur existence, leur clarté et leur netteté. Elles sont vécues par tous comme un échec mais il est, en même temps, impossible de s'arrêter au sentiment de cet échec. Mireille se souvient d'un malade qu'elle essaie d'encourager à vivre encore sa relation avec son petit garçon d'une dizaine d'années et qui lui répond simplement : « J'aime mieux aller marcher dans la montagne avec mon fils que de lui raconter comment c'est d'aller marcher dans la montagne. Chacun son style. » Il n'y a rien à répondre et il est difficile de prétendre que « l'écoute » seule, si empathique soit-elle, est satisfaisante par elle-même.

C'est difficile à vivre pour l'équipe mais, pourtant, elle a sur le sujet une véritable culture de l'écoute qui lui permet de dire non sans dénier. Ce n'est pas le refus caricatural d'un « pouvoir médical » appuyé sur une loi — c'est un refus créatif, qui pousse l'équipe, sans cesse, à essayer de trouver de nouvelles réponses.

À ce stade on n'est plus — mais y a-t-on jamais été ? — dans la recherche d'un « bien absolu », d'une réponse qui serait satisfaisante une fois pour toutes. On est dans l'humain avec ce qu'il a de plus relatif, de plus incertain. On est dans le mieux-être, parfois dans le pis-aller. On est dans une succession de moments, certains supportables, rarement agréables. Il arrive que l'on soit dans l'impuissance...

Et pourtant, alors, c'est encore non. Jean-Marc l'explique ainsi : « On ne répond pas à la demande de la personne et il ne faut pas qu'on déroge. À partir du moment où il y a dérogation, il y a transgression. Et le renouvellement de la transgression, c'est ce qui va permettre la banalisation. Si aujourd'hui on reçoit quelqu'un en souffrance, au sens large, quel que soit le type de souffrance, si on sait qu'à un moment ou à un autre on a la liberté d'y mettre un terme, on ne sera pas inventif à outrance. Et moi, ce qui m'intéresse, c'est d'aller le plus loin possible dans l'invention. Souvent il y a une porte qui va s'ouvrir et on va trouver la solution. Parfois on n'arrive à rien, ça ne fonctionne pas. Il n'y a pas de "bonne" solution, il y en a une qui à mon avis est "moins mauvaise" parce qu'on prend moins de risques d'échec en faisant cela... »

Jean-Marc ne nie pas l'existence d'une « zone grise ». Bien que la loi française ne reconnaisse pas l'existence d'un droit au non-soin (à la différence par exemple du droit canadien), il accepte d'accompagner un patient qui décide de suspendre ses traitements. Euthanasie passive ? Peut-être... Il appelle cela un « respect de la parole de l'autre » : « À partir du moment où on intervient sur quelqu'un d'autre, sa liberté c'est de dire non. Il peut décider de ne pas prendre le traitement. »

Il me semblerait injuste d'appeler cela de l'hypocrisie, ce d'autant plus que cette position intègre, met à son cœur, un point de vue qui est rarement débattu : celui de l'équipe soignante. Comme le dit Mireille, il est naturel qu'il y ait sur un sujet, par rapport à un malade, une diversité de positions individuelles. « Mais, ajoute-t-elle, je ne vois pas comment une *équipe* peut s'accorder sur cet acte-là, qui est de l'ordre de la responsabilité individuelle. » La non-euthanasie n'est pas une bonne solution : c'est celle qui peut être le moins mal vécue. On peut s'interroger sur les malaises profonds qu'entraînerait dans les équipes soignantes l'ouverture du « droit de mourir » et sur des situations de porte-à-faux extrêmement pénibles qui naîtraient ainsi face à des malades, face à leurs familles.

Hypocrisie pour hypocrisie — il vaudrait certainement la peine d'approfondir une question souvent murmurée dans les équipes hospitalières mais rarement abordée de front : celle de ces euthanasies pratiquées et niées à la fois (par le silence), de ces cocktails lytiques, de ces injections de potassium qui provoquent l'arrêt cardiaque et qui sont pratiquées parfois dans la plus parfaite ignorance des malades et de leurs familles, ou dans une zone de non-dit qui, n'interdisant rien, autorise tout...

Ce n'est peut-être pas du domaine de la loi, mais cela vaut la peine qu'on s'y arrête.

*

Quand on lui demande pourquoi elle est à la Maison, Natacha ne se laisse pas le temps de réfléchir. Cette femme médecin d'une cinquantaine d'années, aux cheveux blond vénitien coupés court, à l'allure énergique, répond immédiatement : « Il y a la lyse de ma mère en

1973. » Natacha est jeune étudiante en médecine et elle est externe dans l'établissement où sa mère est hospitalisée. Elle croise parfois le chirurgien qui a opéré sa mère et la suit. Ils parlent au moment où il se déshabille pour enfiler le pyjama du bloc opératoire. Un matin il lui dit : « Voilà, ce qui s'est passé cette nuit angoisse trop votre mère. Il faut qu'on trouve une solution. On va lui poser le cocktail. » Bien qu'encore étudiante, Natacha n'a pas besoin d'explication. Elle dit oui. Quand elle prévient son père et qu'il arrive, sa mère « dort » déjà. Elle dormira trente heures avant de décéder. « Je n'avais jamais vu personne mourir avant, ç'a été mon premier constat de décès. »

Pendant des années, Natacha « porte » littéralement ce mélange de soulagement et de culpabilité — par rapport à sa mère, mais surtout, sans doute, par rapport à son père. Leur relation très intime et tendre, mais silencieuse, est « filtrée » par une nouvelle femme avec qui son entente n'est pas très bonne.

Elle s'engage à MSF, recherche les situations d'urgence, les épidémies de choléra, la première guerre en Tchétchénie... Puis, depuis Paris, elle gère l'organisation de missions... Une rencontre dans sa vie privée, l'envie de retrouver le rapport des personnes — elle passe le diplôme universitaire de soins palliatifs et se retrouve en stage à Gardanne avant d'intégrer l'équipe.

Début décembre 2000, elle achève sa dernière garde. Elle pousse un ouf de soulagement. C'en est pour cette année fini des certificats de décès ; quand elle est amenée à le faire trois jours de suite, elle se dit qu'elle est marquée, elle glisse dans une sorte d'auto-apitoiement (pourquoi toujours moi ?) contre lequel elle lutte mais auquel elle a du mal à échapper.

Cinq jours plus tard, son père entre à l'hôpital. « Et là je me suis dit : effectivement, je n'avais plus de décès à signer mais j'en ai encore un à vivre. »

Natacha n'est plus la jeune étudiante qui n'osait rien face au chirurgien. Elle intervient dans le service où son père est hospitalisé et obtient les médicaments nécessaires pour limiter sa souffrance.

Son père meurt de la même maladie que sa mère. Ensemble Natacha et lui mettent fin à presque trente ans de silence et font le deuil qui n'a pas été achevé. Il n'y a pas de longs discours, de grandes déclarations. « Papa m'a dit : “Je me suis vu dans la glace... je suis comme Lili...” Ces mots m'ont libérée. J'ai toujours une énorme tristesse, je ne suis pas satisfaite mais je ne suis pas mécontente de ce que j'ai fait. Je n'ai pas fait une euthanasie ou une lyse, mais un accompagnement. »

*

Alain Danand est arrivé à la Maison dans la phase finale de sa maladie. C'est un ami de longue date de Jean-Marc et je l'avais rencontré il y a trois ans, lorsque nous avions publié chez Laffont, au profit de l'association *Sol en Si* qu'il présidait, un volume de nouvelles[1] auquel nombre d'écrivains français et étrangers de tous horizons avaient participé. Je me souviens d'un homme à physique déjà très dégradé (c'est un an plus tard qu'il a choisi d'entrer à la Maison), mais dont le regard était animé d'une détermination farouche. Il s'exprimait avec la netteté, la brutalité parfois, de celui qui n'a pas de temps à perdre. J'avais ressenti à quel point, dans l'expression de cette volonté, il y avait de détachement par rapport à son propre sort et une simple, une féroce, une intelligente envie de *faire* encore et encore, jusqu'au bout.

Quand Alain arrive à la Maison, Jean-Marc prend l'habitude d'aller dans sa chambre quelques minutes tous les soirs. Il sait qu'Alain n'a pas besoin, pas envie d'être traité seulement en « patient », mais aussi en administrateur de la Maison (ce qu'il est depuis quelque temps à la demande de Jean-Marc et malgré son apostrophe : « Je te préviens, si tu veux un administrateur potiche, tu ne me demandes pas à moi ! »). Jean-Marc lui raconte donc les difficultés, les choses de la vie quotidienne.

1. *Histoires d'enfance* (Robert Laffont, 1999).

Un soir, Alain demande à Jean-Marc sa promesse de l'aider, si jamais... Jean-Marc se sent dans un malaise profond. Il ne peut ni ignorer la demande d'Alain ni y accéder... Il doit écouter Alain, qui s'exprime avec une clarté intellectuelle, une lucidité totale — et qui est un ami. Il explique, en ayant le sentiment de ne pas être juste, qu'il comprend son désir, que le moment venu ils exploreront ensemble toutes les possibilités de confort, de non-douleur, que sa dignité sera respectée. Il se sent totalement inadéquat, il a l'impression de ne pas répondre.

Alain le regarde : « Tu m'as dit ce que je voulais entendre. »

Médocs

Je crois que l'augmentin ne sert à rien elle a refusé son mopral mais son dernier comprimé d'atarax elle l'a pris ? oui mais ce soir et elle est angoissée pour cette nuit, il a eu son ciflox ? je lui ai donné un spasfon-lyoc mais je ne sais pas, docteur est-ce que je peux avoir un imovane, demain on le passera au nozinan, laroxyl, retrovir, kytril, où est passée la wellvone, quel guaï cette armoire, tu as vu myambutol dans le Vidal, j'ai beau le passer à la biafine ça ne

Quelqu'un a du doliprane ? j'ai mal à la tête.

Bonjour et au revoir

Ce sont les mots les plus simples dans toutes les langues. Ceux par lesquels nous établissons le premier contact, si superficiel soit-il ; ceux par lesquels nous adoucissons courtoisement la séparation, si définitive soit-elle. Nous les prononçons sans y penser : ce sont des mots d'où toute intention semble s'être retirée depuis longtemps.

Il est pourtant significatif que dans beaucoup d'hôpitaux (et je crois pouvoir dire dans beaucoup d'administrations, d'entreprises, de familles, peut-être...) le soin de les prononcer soit considéré comme un traitement de confort inutile.

Mais même en prenant son temps, même en bégayant, il ne paraît pas que leur usage quotidien nécessite de nombreuses embauches, voire mette en péril l'équilibre des comptes de la nation. Ça ne coûte (presque) rien d'essayer.

*

« Bonjour ! »

Pour bien des malades arrivant à la Maison, leur première surprise est là. « Bonjour », dit l'infirmière en entrant le matin dans la chambre. Bonjour Nadine, bonjour Ahmed, bonjour madame.

Bonjour : on ne dit bonjour qu'à un être humain. Je veux donc te dire que je te distingue d'un pied de lampe, d'une tasse de café ou d'un tronc d'arbre — tu es en vie et moi également, nous nous voyons pour la première fois de cette journée-là : donc, bonjour.

Bonjour : la nuit est finie et, qu'elle ait été bonne ou mauvaise, pleine d'un sommeil tranquille ou traversée de peines et de troubles, la journée commence, qui promet autre chose.

Bonjour : c'est moi qui te dis bonjour, moi Christine, moi Sylvie, à toi Corinne, Jacqueline, ou Alain. Je n'ajoute pas souvent « ça va ? » parce que je sais bien que ça ne va pas vraiment bien sinon tu ne serais pas là, mais je te dis simplement que je te connais et que c'est bien moi qui suis là et pas quelqu'un d'autre (quand quelqu'un d'autre entrera, il te dira bonjour à son tour).

Bonjour : bonne journée, je te la souhaite comme on souhaite bon voyage, on se doute bien qu'il y aura des incidents, des soucis, mais avec un peu de chance il y aura aussi des choses agréables, une visite que tu attendais, un bain qui détendra ton corps trop crispé, un plat au goût particulièrement délicieux.

Bonjour : tu peux me répondre, tu peux me demander ce que j'ai fait et je te le raconterai en quelques mots, tu peux me dire comment tu te sens et ce dont tu as besoin, nous pouvons parler.

*

Myriam : « Dans tous les services où je suis passée après mon diplôme d'infirmière, j'étais tout le temps tendue parce qu'on me tombait dessus. Tu arrives ici et on te dit d'abord bonjour et après tu fais le travail. Ça aide à porter ce qui est difficile. »

*

Au revoir, c'est une autre histoire.

Justement parce que les mots veulent dire quelque chose, « au revoir » signifie qu'on va se revoir et de ça on n'est pas du tout sûr.

Myriam : « Quand je dis au revoir parce que je reviens dans quelques jours, ils disent Inch'Allah. Ou quand ils disent au revoir, c'est pour de vrai. »

La fête après la guerre

« C'est la guerre », dit Jean-Louis de sa voix douce. Une guerre perpétuelle, toujours menée, toujours perdue, où les infirmières et les aides-soignants sont des combattants de première ligne.

Guerre : combattants couverts de boue, de poussière et de sang... Ceux de l'arrière les appellent des héros en se gardant de les rejoindre au front.

Il y a des accalmies, des moments de rire, des moments de grâce, des semaines où il n'y a aucun décès. Et puis cela se déchaîne : prises en charge lourdes, épuisantes, nuits où il est impossible de s'asseoir parce que ça bipe de tous les côtés, colères qui explosent chez les patients, leurs familles...

Les soignants gardent tous au fond du cœur des images terribles qu'ils ne peuvent évoquer qu'entre eux — et encore avec des mots timides, incomplets. Dire cet « indicible » que je n'ai pas vu mais dont certains m'ont parfois entrebâillé la porte, je ne peux le faire qu'avec la même réserve, une pudeur que j'ai partagée et que je comprends. Au bout du compte ce n'est pas le voyeurisme que je crains : il y a simplement des situations ou des images auxquelles on peine à trouver le moindre sens. Tout ce que l'on peut en dire c'est qu'elles sont. Cela — cette saloperie — fait aussi partie de la vie.

C'est cet homme qui hurle sans s'arrêter — le jour comme la nuit — quelles que soient les doses de morphine qu'on continue à lui administrer, il hurle sans doute au-delà de la douleur physique (mais comment le savoir, puisqu'il ne dit rien, ne fait que hurler ?), du fond d'une détresse morale absolue, d'une panique incrustée dans chaque parcelle de l'être. Il ne demande rien, n'accuse personne, n'exprime aucun besoin : son hurlement est un refus complet, radical, qui n'appelle aucune forme de réponse et auquel aucun soulagement tangible ne semble pouvoir être apporté. Qu'est-ce que tu veux dire à ça ? Qu'est-ce que tu veux faire ? Les gestes qu'il faut accomplir, avec une humanité que tu ne peux même plus appeler la tendresse parce que pour cela, quand même, il vaut mieux être deux. Tu es devant une solitude si totale, si nue, qu'elle te renvoie à ce qu'il y a de plus effrayant dans la tienne et que tes gestes de soin doivent te relier non plus à une personne en particulier (puisque cette personne ne *veut* pas) mais à ce qui, en toi, vit *réellement* de la relation à l'autre. Pour un soignant il n'y a pas d'Autre, il n'y a que l'autre — cette personne-là, dans cette chambre-là, à qui il faut administrer ces soins-là.

Cet homme est mort dans un hurlement — le dernier — laissant derrière lui la trace d'amère hébétude qui s'accroche à la mémoire des survivants. Pourquoi ? Il n'y avait pas et il n'y aura pas de réponse ; pourtant il faut continuer.

Il y a des images, aussi, dont on prend le choc en plein cœur et qui reviennent ensuite hanter les nuits sans sommeil, ou qui passent comme des fantômes au moment d'ouvrir la porte d'une chambre. Florence se souvient d'un patient d'une cinquantaine d'années aux côtés duquel elle était restée longtemps pour l'apaiser dans un départ qu'elle sentait difficile. L'ayant quitté quelques minutes, elle l'a retrouvé mort, l'écume aux lèvres à cause des convulsions qui l'avaient pris au moment de se lever pour aller à la salle de bains, le visage couvert de sang parce qu'il s'était ouvert l'arcade sourcilière.

Il y a ceux qui arrachent les pansements, la perfusion. Il y a le sang, il y a la merde. Il y a ces odeurs, les plaies auxquelles on ne se fait pas. Il y a... Tu vois, dirait Mireille, tu vois bien que ça ne sert à rien de raconter tout ça...

*

Il arrive que la guerre commence après, quand tout est fini. C'est une étrange bataille qui se déroule autour d'un combattant mort, qui devient alors une momie que les vivants s'arrachent et veulent en vain faire parler, dire le vrai de leurs douleurs, de leurs espoirs tardifs. Les soignants assistent avec peine à ces spectacles devant lesquels — comble d'ironie — il devient parfois impossible de ne pas intervenir...

Zazia se souvient de la mort de Nouria (quand elle dit son nom, je vois son visage et je me souviens de ses paroles : « J'ai hâte d'aller devant Dieu pour être jugée ») et de l'arrivée de sa mère qui se jette au sol, se tape la tête par terre et qui saute sur sa fille, « comme on empoigne un cheval », et commence à la déshabiller. Autour d'elle il n'y a que des tantes, des cousines — des femmes uniquement parce que c'est un monde de femmes. Elle l'embrasse, sa fille, embrasse ses seins, son sexe, sa bouche... Pour Zazia, qui reste d'abord stupéfaite, la démonstration n'a rien de la religion musulmane, où le corps tout au contraire doit rester préservé. Elle tente un geste pour arrêter la mère, qui hurle à sa fille morte : « Tu ne pars pas ! » C'est une vraie crise d'hystérie, que Chantal interrompt : « Maintenant ça suffit ! Ce n'est pas permis, ça ! »

Le lendemain, profitant de l'absence de l'équipe réunie en transmission, c'est dans la salle de présentation, devant la dépouille de Nouria, une bagarre familiale entre la mère et sa sœur, qui ne se sont pas parlé depuis vingt ans. « Pardonne-moi ! Pardonne-moi ! » hurlent les femmes tout en s'injuriant — et c'est comme si après sa mort, la vie de merde de Nouria, la toxicomanie, le sida, le cancer, toute cette accumulation continuait et que même son départ n'y mette pas fin.

Vie de guerre, mort en guerre et guerre encore après.

*

« C'est pour ça, dit Michelle, la psychologue qui anime les groupes de parole, qu'ils ont un tel sens de la fête. »

Le lien, dès qu'elle l'établit, est facile, évident.

Depuis sa création, la Maison est un lieu qui aime les fêtes, qui les crée en toutes occasions, les improvise, les organise, en fait des moments spéciaux dont chacun parle encore longtemps après.

Il y a les anniversaires, les mariages, les naissances, les occasions minuscules que la vie nous offre et sur lesquelles il se trouve toujours quelqu'un pour se jeter.

Même pour les plus « officielles » d'entre elles, celles qui sont destinées à lever des fonds pour l'association, celles où viennent les autorités politiques ou de santé, l'âme de la Maison est présente : pas de carré des officiels, pas de frontière fixe entre la salle et la scène. Et pas de limite au plaisir et au travail de tout le personnel qui se produit sur scène, danse, chante, s'embrasse, se tient la main, s'éclate... « Ils sont de plus en plus professionnels », sourit Michelle — et en regardant la cassette du spectacle, on est impressionné par l'allure royale de Linda en Joséphine Baker, les talents de chanteurs populaires de Thierry et Jean-Michel, ou le mambo d'Amar...

Si la fête est si belle, si elle laisse tant de traces dans les souvenirs de chacun, au point que l'on veut évoquer les moindres incidents, se rappeler les interminables répétitions ou les épisodes en coulisses, c'est qu'elle vient en plein milieu de la guerre. La fête ne met pas fin à la violence, elle la suspend pour un temps dans des nuits qui sont prolongées le plus loin possible, où l'on danse et où l'on se sourit.

Tout ce que la violence défait, la solitude à laquelle malgré tout, au bout du compte, elle condamne (car si on peut le partager, il reste à chacun le souci de vivre seul avec ce qu'il a vu, de se souvenir des visages bouleversés, de sentir sur son bras ces mains qui se crispaient), la fête le remet ensemble pour le spectacle d'un soir. Spectacle : illusion, mise en scène, paillettes... Spectacle : éphémère élégance, salut tout proche de l'adieu. D'accord, mais aussi spectacle : plaisir et larmes, bonheur, partage...

Le dernier spectacle de la Maison (c'est un souvenir dont le frisson passe encore sur les bras de tous ceux qui y ont participé et de tous ceux qui y ont assisté) s'est ouvert sur une chanson dont les paroles disent : « Ce n'est peut-être qu'une goutte d'eau, ça ne sert peut-être à rien. »

Un par un ils sont entrés en scène ; puis ils ont déroulé entre eux un ruban rouge. Quand ils ont disparu dans l'ombre de la scène, il restait un point de lumière sur ce ruban qui est retombé à sa place — l'emblème de la lutte contre le sida.

Au cœur de la fête, on sait bien que la guerre continue.

Oui et non

On a envie de dire « oui », tout le temps. Et l'attitude générale est « oui » : oui à l'écoute du malade, oui à sa demande, à sa perception de son état, de son devenir... Oui aux familles et aux amis... Oui aux visites... Oui à l'essai d'un traitement... Oui, même si ça peut sembler parfois un peu loufoque, un peu compliqué, un peu risqué. « Oui », parce que ce oui est celui de la vie qui passe, qui continue, envers et contre tout.

Mais parfois, il faut dire non.

*

Amar raconte qu'il voit un patient très autonome renverser une plante verte dans l'entrée, jeter un coup d'œil rapide pour vérifier que personne ne l'a vu, puis entrer dans la salle à manger comme si de rien n'était. Amar s'approche de lui et dit aussi gentiment que possible :

« Si tu vas assez bien pour venir déjeuner, tu vas assez bien pour aller chercher la pelle et le balai qui sont dans le placard, là-bas, et balayer la terre qui est tombée. » Et Amar ajoute : « Il me respecte pour ça : parce que je ne lui mens pas, je ne m'apitoie pas inutilement sur lui. Dans notre dialogue, je le traite en adulte, en être vivant, autonome, responsable qu'il est. »

*

Chez certains patients, notamment les tox, il y a parfois une habitude de demandes répétées, sous une forme qui peut être agressive, avec des colères. « Un jour il m'a pris la tête, dit Zazia d'un patient, je l'ai remis. Et maintenant quand il me voit : bonjour, Zazia, comment ça va ? Et même hier soir : mon Dieu, comme tu es belle ! »

*

Jacques n'arrête pas de demander des glaçons — cela fait partie d'une succession de requêtes ininterrompue que rien ne semble pouvoir calmer. Il est capable de poursuivre Jean-Marc jusqu'au bout du couloir quand celui-ci est dans la salle de présentation avec une famille et un patient juste décédé. « Je veux voir le docteur », dit-il quarante fois par jour. Et quarante fois par jour, il demande des glaçons.

L'autre jour, à la cuisine, Sylviane lui a donné ces sacrés glaçons. Et Alessandro, l'un des aides-soignants, le lui a reproché, lui rappelant que les patients doivent être maintenus dans une relation avec leur « référent » soignant. Même pour des glaçons.

Donc aujourd'hui, quand Jacques a réclamé ses glaçons, Sylviane a refusé. Une fois, deux. Alors Jacques est allé trouver Marion, l'infirmière. Il a réitéré sa demande. Une fois, deux... À la fin, Marion a craqué et lui a accordé deux glaçons. Quand Sylviane a vu ça, elle l'a mal pris. Alors voilà, on me dit qu'il ne faut pas donner de glaçons et toi tu passes et tu lui donnes, alors moi je ne comprends plus. Marion calme le jeu : tu vois bien comment il est, Jacques.

Quand l'incident est rapporté en réunion de transmission, il prête à sourire. Jean-Marc dit avec bon sens et bonhomie que ce ne sont pas deux glaçons de plus ou de moins qui vont faire la différence, dans l'état de Jacques. Il insiste sur le fait que cela ne doit pas affecter l'équipe — oui, il faut avoir des principes qui sont fondamentalement sains, mais il faut, en même temps, être capable de les assouplir dans une situation délicate comme celle-ci. (Et puis quelqu'un dit : « De toute façon, il se débrouillera pour les avoir, ses glaçons. »)

*

Au bout du compte, oui et non, c'est tout un.

Hier et aujourd'hui

Hier, Isabelle est entrée dans la salle à manger et elle s'est assise sur la banquette de coussins, dans le coin télé. Elle avait ce regard d'oiseau effrayé et son corps semblait plus menu que jamais. Elle s'est roulée en boule sur la banquette comme si elle avait froid. Elle pleurait. Elle disait : « C'est long... c'est trop long... Je voudrais tellement pouvoir être bien dans mon corps, juste un peu... Je voudrais hurler mais je n'y arrive pas... »

Je me suis assis à côté d'elle et je ne disais rien — peut-être que j'avais peur ou bien j'avais cet instinct qu'il fallait simplement être là et qu'elle n'attendait aucune sorte de *réponse.* J'avais une main sur son épaule et de l'autre sa petite main qui s'était glissée dans la mienne, me cherchant comme un bébé dans la nuit.

Yolande, une des bénévoles, lui a pris l'autre main et elle lui disait des petites choses, des petits riens, tandis que Jeanne et son mari aveugle jouaient du piano, tellement bien que ça donnait envie de rire. (Debout à côté du piano il y avait leur ami japonais, tiré à quatre épingles.)

« Je voudrais qu'un homme me prenne dans ses bras et me dise qu'il m'aime, juste un petit peu... » Isabelle continuait à parler, elle disait les paroles de sa chanson dont les mots étaient tellement banals qu'on n'y pouvait rien — même pas, justement, la prendre dans ses bras et lui dire que je l'aimais un petit peu, ça n'avait aucun sens, ce qui avait du sens c'était de continuer à l'écouter, de continuer à lui tenir la main et de laisser les sanglots s'écouler d'elle en espérant que les patients qui entraient un à un dans la salle à manger pour déjeuner n'allaient pas flipper. (Mais non, Jeanne et son mari continuaient à jouer du piano, Satie, Debussy, Ravel... toute cette belle musique française... et un vieux monsieur dont j'ai oublié le nom passait doucement, très élégant dans son jean propre... et il y avait une odeur de curry préparé par Sylviane...)

Isabelle s'est calmée tout doucement, elle a commencé à évoquer des épisodes de ses galères, du passé, de ses quatre mois en cellule dans un hôpital psychiatrique, de sa semaine de prison, des hommes qui étaient des salauds (« Elle ne dit pas ça pour toi », a dit Yolande en riant et Isabelle a ri avec elle, pour la première fois), de cet homme-là, lui, à qui elle en voulait tellement. (Pas de questions, mais on s'en doute de ce qu'il a fait, cet homme-là, pas seulement lui passer le VIH mais aussi tout ça, le reste, toute cette lâcheté, tout ce pas-d'amour.) Elle émergeait de sa panique et parfois elle replongeait, elle se noyait à nouveau et rien n'y faisait — ni Natacha, le médecin, qui passait et l'interrogeait avec douceur, ni les paroles ni le silence — et puis elle sortait la tête, les yeux pleins de larmes.

Après elle s'est assise sur la banquette, elle a lâché nos mains et puis elle a dit : « Je vais me lever, c'est l'heure de manger. » Yolande l'a amenée à sa place et elle a commencé à mâcher ses endives.

Hier, j'ai laissé Yolande déjeuner à côté d'Isabelle et je me suis assis à table en face de Jeanne et son mari, à côté de Charles. Charles a un mélanome et il parle sans arrêt. C'est une logorrhée qui peut être pénible mais qui a, en même temps, quelque chose de touchant. Il exprime son malaise, sa panique peut-être aussi profonde que celle d'Isabelle, à travers une succession de propos où passent ses souvenirs d'enfance marseillaise, la description du mortier et du pilon pour l'aïoli (« C'est comme ça chez nous, les ouvriers marseillais »), ses goûts musicaux (André Rieu, Rondo Veneziano — « C'était beau, ça, *Rondo Veneziano*, on n'entend plus parler d'eux ») et tout ce qui lui passe par la tête, sans transition. Quand on lui parle il écoute la tête penchée, répond brièvement avant de reprendre le fil de ses paroles.

À côté de Charles, Jeanne restait silencieuse, inexpressive et pourtant attentive.

C'est une femme assez forte, atteinte d'un cancer, qui est ici en temps de pause. Aux compliments sur son jeu de piano elle répondait d'une moue dégoûtée. « Je perds, disait-elle, je perds tout. »

Hier, deux nouveaux patients sont arrivés : Jacques et Magali. J'ai aidé Domi à installer Jacques, avec son bonnet enfoncé sur la tête et en dessous son regard noir effrayé, perdu, et qui voulait qu'on monte *sa* télé bien qu'il y en ait une dans la chambre. Nous avons posé sa télé dans le placard, face à lui. On s'inquiétait aussi pour Magali, arrivée avec un chien en mauvais état.

Hier soir, visite des chambres avec Jean-Marc.

Barbara est une très belle femme dont le visage un peu sévère s'éclaire souvent d'un sourire presque enfantin. C'est bonheur de voir son intelligence vive et subtile ; elle l'exprime d'une remarque pleine d'humour ou d'une simple moue. Elle a de grands yeux clairs qui rient et, en même temps, ne rient pas.

Pour le haut, Barbara est tout en longueur, en finesse du visage, des bras, des mains ; pour le bas elle est déformée, gonflée, douloureuse du ventre, des jambes, des pieds. Jean-Marc l'interroge pour essayer de comprendre sa douleur, pourquoi elle résiste à diverses tentatives médicamenteuses. Barbara l'écoute avec attention, suivant chaque nuance, se posant pour réfléchir, répondant avec précision, ne fuyant pas son anxiété. Samedi, cinq jours auparavant, Jean-Marc a pour la première fois abordé avec elle au cours d'une longue conversation l'éventualité qu'elle soit entrée dans la fin de sa vie. Sans la violenter, il évoque cette conversation, l'angoisse qui a pu s'installer en elle et pourrait être cause de cette douleur persistante. Les yeux de Barbara se teintent d'un sourire. « Non, dit-elle, je ne crois pas. Ça m'a plutôt soulagée d'en parler. »

Jean-Marc continue à réfléchir à haute voix sur le problème, l'inefficacité des morphiniques, son étonnante lucidité. « Je ne devrais pas ? » demande Barbara avec humour. « Avec ce qu'on vous a donné, vous pourriez être assez ensuquée... » Barbara ne souhaite pas qu'un nouveau traitement l'assomme trop et Jean-Marc acquiesce.

Elle parle de « certaines visites » qui l'ennuient et Jean-Marc lui suggère qu'elle peut utiliser l'équipe pour les abréger, si elle le souhaite. Son beau regard se pose sur lui sans répondre, en souriant.

Dans la salle de repos l'attend un de ses amis, un homme qui lui ressemble, long, inquiet, intelligent. Ils ont vécu ensemble dix ans et maintenant il revient. (Au moment où nous avons quitté la chambre, Jean-Marc a demandé s'il faisait partie des visites qui l'ennuient et elle a souri de son beau sourire épanoui : « Ah non, pas du tout... ») Ils sont très proches : cela se voit. Il parle d'elle au présent de leur passé, au passé de leur présent. Il ne dit pas qu'il sait maintenant mais je crois, moi, qu'il sait et que les yeux fermés, dans le noir, il pense simplement que c'est maintenant, et que maintenant, c'est trop tard.

Il a peur de ne pas savoir s'il faut rester (et la fatiguer) ou s'en aller (et la peiner). Jean-Marc lui dit que s'il se trompe, ce n'est tout de même pas bien grave et il sourit enfin — c'est une réponse qui lui va.

Hier, nous sommes descendus au rez-de-chaussée voir Roger.

Depuis le matin, tout le monde dit que Roger est sur le départ et c'est vrai qu'il n'y a pas besoin d'une intuition fulgurante pour le penser : son visage est gris, jaune, blanc — aucune couleur qui rappelle la vie. Toute l'après-midi il a préféré rester assis dans son fauteuil — refusant avec obstination de s'allonger dans la conviction muette qu'il ne se relèvera pas. Sa femme est avec lui et il a ses grands yeux ouverts, déjà ailleurs. Ses mains saisissent quelque chose, il ne sait pas quoi, des mots qui ressemblent à un souffle s'échappent de ses lèvres pour demander pourquoi il n'attrape que du vide. « Il ne souffre pas trop ? » demande Jean-Marc à sa femme, et elle dit : « Non, pas trop », mais il y a ses mains. Son inquiétude radicale est sans hurlements, sans cris, sans mouvements inconsidérés autres que ceux de ses grandes mains qui s'ouvrent et se ferment sur rien. Sa femme est une petite dame modeste et polie qui remercie le docteur, qui sait, qui se résigne, qui dit : « Non non je ne rentre plus maintenant, j'attends. »

Hier, nous sommes passés chez Rachid, un des « personnages » actuels de la Maison. Il est torse nu sur son lit, la fenêtre grande ouverte. Il a la mâchoire en avant et il parle trop, à la limite de l'intelligible. Il a des expressions étranges et poétiques comme « je suis textile ». Il me demande si mon livre est un rapport, et comme je balbutie il reprend : « Oui oui, c'est un rapport littéraire. » Bon. C'est un docker marseillais qui a tout lâché (dont sa femme et ses enfants, qu'il refuse de revoir) ; il s'est éloigné des bateaux pour partir en galère, sdf, toxico and co. Il est en plein VIH mais il n'a jamais froid et il regarde des films de fantômes à la télé, tout ce qu'il demande c'est qu'on le laisse tranquille.

Hier, nous avons terminé avec Patrice. Patrice était avec une amie et il était très « maître des lieux » — blaguant, parlant de son programme d'examens médicaux de la semaine prochaine, préoccupé par le « samedi de baise » qu'il s'est prévu pour ce week-end. J'ai vu son amie dans l'après-midi, une jeune et jolie brune (et c'est une jeune et jolie blonde qui est maintenant dans la chambre). Patrice est VIH, il pèse moins de quarante kilos et il a des plaies difficiles ; il est pourtant animé d'une belle énergie de vivant, de combattant, de séducteur. Il a dit à Jean-Marc : « Bonnes vacances, on va se battre, hein. » (Pendant que nous étions là, Isabelle a passé la tête et Jean-Marc lui a dit : « Oui Isabelle, je viens te voir. »)

Hier se termine ; Jean-Marc est pâle et fatigué à la fin des visites, ce qui ne lui ressemble pas, mais il part en vacances le lendemain (blague dans la Maison : « Que fait Jean-Marc quand il part en vacances une semaine ? Il dort pendant trois jours, il est malade trois jours et ensuite il revient à la Maison »), et l'énergie qui l'anime habituellement se retire doucement de lui. « Je lâche », dit-il.

Hier glisse dans la nuit.

*

Aujourd'hui, Roger est mort.

C'était à huit heures et demie ce matin et les

infirmières ont réveillé cinq fois Natacha, qui était de garde.

Héléna ouvre les volets en grand et fait la chambre.

Roger est allongé dans la salle de présentation. Il a sur la poitrine un chien en peluche et une Vierge Marie, qui attendent son troisième objet fétiche : un poisson qui chante du rock'n roll. (Ainsi les pharaons se faisaient-ils enterrer, et les Incas : avec les richesses qui devaient les accompagner dans le monde d'en dessous.)

Aujourd'hui, Barbara est descendue, accompagnée par des amis, elle a profité du soleil et elle avait ce sourire magnifique, épanoui. Je lui ai demandé si elle allait mieux. « Je n'ai plus mal », a-t-elle dit. Plus tard je l'ai croisée à nouveau à l'intérieur ; elle a caressé Lolita, la chatte rousse, qui se prélassait dans un des fauteuils de l'entrée. « C'est la reine de la Maison, ai-je dit. — Tous les chats sont des rois, ils sont tous magnifiques... » Ses doigts fins se perdaient dans le pelage et son sourire pensif dissimulait des promesses de voyage.

Aujourd'hui, vers midi, j'ai vu passer le chien de Magali dans les bras d'un vétérinaire. Il avait fallu l'euthanasier.

Aujourd'hui, je n'ai pas déjeuné à la table de Charles et c'est Jean-Mi, le médecin, qui se trouvait à côté de lui. Je voyais, au loin, le profil de Charles qui ne cessait pas de parler une seconde et la tête de Jean-Mi, droite au début, qui se penchait. (Plus tard il m'a dit que le discours ininterrompu de Charles avait eu un effet soporifique terrible sur lui, il s'endormait littéralement.)

Aujourd'hui, Eugène, le prêtre, est venu et c'était un de ces jours où tout le monde voulait le voir, les patients, les familles... « Où est Eugène ? — Il compte ses clients. »

Aujourd'hui, je suis passé devant la fenêtre ouverte de Rachid et j'ai entendu sa voix caverneuse, le roulement de cailloux des mots dans sa bouche, ces choses qu'il dit pour lui-même et qui le font rire.

Aujourd'hui, Blanche, l'esthéticienne, a maquillé Isabelle pour la première fois et Isabelle souriait, elle disait : « Jamais je ne me suis sentie aussi belle. »

Et quand j'ai vu passer Isabelle, elle avait le regard éclatant et l'allure d'une princesse.

*

À la Maison, dit Jean-Marc, il n'y a pas de vérité qui tienne. Il y a des gens et des jours. Il y a des moments. Il y a maintenant.

Partir

Y a-t-il un avant du départ, un après ? Pour Sébastien, cela n'existe pas vraiment. Sébastien est un grand infirmier dont la tête penche toujours, comme si sa curiosité devait trouver des angles nouveaux pour se satisfaire ; ses yeux cessent rarement de sourire et il se déplace avec la grâce étrange d'un bébé qui aurait triplé de taille en trop peu de temps. De beaucoup trop grand le monde serait devenu soudain beaucoup trop petit, et de cette disproportion incompréhensible naîtrait non une colère ou une frustration, mais une source permanente d'étonnement, d'émerveillement.

Sébastien a trouvé dans le bouddhisme et les religions orientales une belle boîte à outils pour transformer son énergie rebelle en une envie de vivre.

Il pense à la réincarnation (en fourmi, en pierre, en arbre, et même en homme), comme à une possibilité assez joyeuse. Il en tire un sentiment de continuité de la vie qui l'apaise. Ce qui est était déjà, ce qui n'est plus sera. Cette foi de la transformation lui fait regarder les derniers instants dans une bulle de temps qui n'est pas la même. Il semble ressentir physiquement que le dernier souffle n'est pas le dernier, que la vie (cette vie-ci) reste, comme le dit une tradition bouddhiste, trois jours autour du corps, comme une sorte de lumière ou d'aura qui le baigne. Un corps qui s'en va est comme une barque qui glisse et que nous perdons de vue, en effet, non pas brutalement mais un peu comme un bateau à l'horizon, qui s'éloignerait dans le soir, par temps calme. Même lorsqu'il a disparu, ce n'est pas qu'il ne soit plus. Si nous avons le cœur ouvert, toutes les pensées, tous les rêves nous sont permis : nous pouvons croire qu'il vogue d'île en île, abordant à des terres merveilleuses ; nous pouvons l'imaginer offrant des passages inouïs, par les chemins de sous la mer, par les voies de l'espace ; et nous avons en esprit la vision d'un matin à l'aube, lorsqu'un enfant, les yeux brillants, la tête penchée, le verra revenir sans savoir que c'est lui.

Je me demande comment une telle vision résiste à cette terrible violence qu'est parfois la mort, à cet écoulement bouillonnant, à ce souffle qui semble ne plus provenir du corps mais d'un lieu situé très en dessous de la terre d'où s'échappent des grondements et des protestations inarticulées et furieuses.

Je ne pose pas la question.

Je préfère m'attarder à ce bord du monde tel que Sébastien le propose : non plus ce disque plat, battu de vent, qui n'offre que cet effrayant basculement dans le vide, mais une étendue que la lumière dématérialise, une brume traversée d'irisations où nos ombres vont et viennent, portées par des promesses inconnues.

*

La veille, les heures qui précèdent, il y a des signes : des regards, une façon de se déplacer (car certains vont dîner à la salle à manger le soir même de leur mort), une respiration différente.

Certains se mettent à parler à leurs proches disparus, comme s'ils étaient déjà avec eux. Puis, même ces mots-là se font plus rares. Depuis longtemps, les paroles ont quitté le terrain familier de la conversation. Parle-t-on encore pour entendre une réponse et poursuivre sur ces malentendus familiers qui, tout au long de la vie, nous tiennent lieu de relations avec les autres ? Non, sans doute. On parle encore, à soi-même, *en soi-même.*

À celui qui est là d'accepter de n'être plus qu'une présence. Il n'y a *pas de réponse.* Peut-être quelques gestes — et encore pas toujours.

Au bord des lèvres, comme un souffle, comme un râle, il reste quelques mots. « Empêchez-moi. Je me sens vide. Je veux partir d'ici. Je veux sortir. Emmenez-moi. Ouvrez la fenêtre. J'ai peur. Ça part. »

Souvent : « Il se passe quelque chose. Faites quelque chose. » Ou bien : « Qu'est-ce qui se passe ? Qu'est-ce qui m'arrive ? »

C'est souvent la question, répétée comme une prière, de celui qui s'en va. C'est l'expression d'une sensation radicalement nouvelle, la révélation d'une connaissance (*Vous n'en mangerez pas, vous n'y toucherez pas, sous peine de mort...*) impossible à transmettre.

Dans ce moment de la vie (car on y est encore, en pleine vie, il y a du souffle et du sang, il y a toute cette agitation du corps et de l'âme), celui qui voulait parler, celui qui avait tant à dire se dépouille de ses mots les uns après les autres et ne garde que les plus simples, les « oui », les « non », les « aide-moi », les « ne me laisse pas seul ». Celui qui n'a pas voulu — pas pu — parler glisse dans un silence d'où il n'était jamais très éloigné. Le bavard et le taiseux se rejoignent ; l'être a quitté les mots et il se réfugie dans la petite forteresse intérieure.

Il y a des gestes et des sanglots. Il y a celui qui veut se lever, bouger, partir. Il y a celle qui agrippe les bords du drap et « coud son linceul ».

À nous, qui sommes dehors, il ne reste que les yeux.

Nous les scrutons infiniment.

Ce n'est plus nous qu'ils regardent ; ils n'ont plus — ou si rarement — cette qualité d'attention, cette façon de se poser sur nous avec tendresse ou colère. Là où le regard est toujours, en partie, reflet de l'autre, il ne reste plus alors qu'une expression intérieure, comme si l'être était entièrement entré en lui-même.

On peut utiliser les expressions communes : douceur, terreur, sévérité, colère — mais c'est encore se servir de langage et des sentiments courants, c'est tirer celui qui part de notre côté et nous rassurer sans doute en lui prêtant des émotions connaissables. Ce qu'il y a, si l'on veut, dans ce regard, c'est une présence pure, un être réduit à l'être. Le mot de « réduction » donne une dimension là où il n'y en a pas : l'être est à la limite de son fonctionnement et c'est comme si s'exprimait en lui, avant de disparaître, quelque chose d'essentiel qui n'est pas son corps, pas son « vécu », pas sa personne mais le simple fait d'être.

Et pourtant c'est encore lui, c'est encore elle, cette personne unique, irremplaçable et qui bientôt va disparaître.

*

Parfois, il n'y a même pas les yeux parce que les yeux sont désespérément ailleurs, ou simplement parce que les yeux sont fermés.

Les mots disparus, il n'y a pas non plus de cris, de hurlements — ni de gémissements.

Il reste le souffle. (*Il insuffla dans ses narines une haleine de vie* — « mort à l'envers ».)

Le souffle peut être calme, il peut être agité... Il y a souvent de ces longues pauses respiratoires, ces apnées au cours desquelles l'être plonge en lui-même et ressort, nageur naufragé d'une vie qui s'enfuit. Toute la vie, il a semblé aux lutteurs qu'ils étaient séparés par un océan de ceux qui s'abandonnent ; à cet instant, c'est tout un.

De même qu'il n'y a presque plus rien à dire (sinon la chanson, la berceuse que l'on murmure parfois), il n'y a presque plus rien à faire. Des gestes simples qui ne sont pas pensés, qui n'ont ni commencement ni fin : toucher, caresser, peut-être simplement respirer au même rythme.

Autour, que ce soit la nuit ou le jour, la vie continue. Au centre de cette bulle qui se forme on a des perceptions de variation de lumière, d'intensité sonore ; on est soi, mais si fort avec l'autre que l'éloignement est une tentation.

Et puis voilà, il est parti.

*

Amour, tant d'amour qui fut et fuit.

Il vient de mourir. Elle continue à l'appeler. Une main vient se poser sur son dos et quelque chose en elle s'ouvre, elle comprend. Elle s'allonge à côté de lui et l'infirmière sort. Ils restent seuls.

Plus tard elle se demande : qui a posé cette main ? Il n'y a rien eu d'autre que cette main posée qui dit : je suis vivante et toi aussi, tu es vivante.

*

Gestes qui se remettent en mouvement. Toilette. Légère hébétude. Premières paroles. Larmes ou pas.

Présence des autres qui te fait émerger de la solitude. Tu restes. Tu es là. Visage de l'autre : tu es en vie.

À la cuisine Thierry ou Patricia. Un café. Une blague.

Plus tard, le corps reposé dans la chambre, dans la salle de présentation.

Quelques mots écrits sur le cahier. Salut Pierre, salut Monique.

Parfois, quelques minutes à la levée du corps, un baiser aux familles qui disent « merci » en pleurant les larmes de toute une vie. Timidité, discrétion.

Et après, plus tard : tu te souviens ? Louis, chambre 5. Il n'était pas à la 6 ? Non, la 5, j'en suis sûr. Ah oui, je me souviens. Il aimait bien qu'on se pose sous le cèdre, quand il faisait chaud.

Plus tard, tu écoutes la cassette qu'il t'a laissée en respirant fort.

*

« Souvent, dit Claudine, ce qui me reste c'est un sourire. »

Le seuil

Il passe dans le regard de Claudine des questions qui ne sont pas formulées et n'ont pas besoin de l'être. C'est d'une intensité assez calme, une attente qui n'attend rien de particulier — une offre de délicatesse qui accepte de recevoir ce qui passera, que cela soit du silence, un autre regard en retour, et même quelques mots.

Elle se souvient du moment où elle a « passé une frontière ».

Elle est partie de chez elle dans le cadre d'un stage professionnel et l'avant-dernier jour du stage elle se sent habitée d'une inquiétude. À la fin de la journée, cette inquiétude n'a pas cédé et Claudine échappe aux sollicitations du groupe ; elle préfère partir seule avec sa voiture dans la campagne aixoise.

Elle passe devant un cimetière ; son inquiétude augmente. Elle rebrousse chemin.

Plus loin, elle gare sa voiture au bord de la

route, sur un coude d'où part un petit chemin avec un gros rocher. La lumière du jour est flamboyante au couchant.

Elle s'approche du rocher — un énorme, un très beau rocher — et elle s'aperçoit qu'une inscription est peinte : LE SEUIL.

Son inquiétude est à son comble. Elle franchit une petite haie pour aller au-delà du rocher — de l'autre côté du seuil — avant de revenir aussitôt en se disant : « Non, ce n'est pas juste, je dois rester au bord, à cette limite. »

Son agitation intérieure est telle qu'il lui est impossible d'entreprendre tout de suite ce dont elle a senti la nécessité : appeler sa famille.

Elle doit d'abord, pour se calmer, marcher dans la campagne et se laisser pénétrer du sentiment de la nature.

Quand elle est enfin apaisée, elle rentre chez elle et appelle.

Sa mère vient de décéder.

*

Plusieurs fois, ensuite, Claudine a eu l'impression de se trouver à ce seuil-là, à cette limite imperceptible et très réelle.

« À un moment, dit-elle, la personne est vivante et à un moment elle n'est plus là. Ça n'est pas réversible. La personne a donné son dernier souffle. Et pourtant, subtilement, il se passe encore quelque chose... »

Elle ne cherche pas à l'interpréter. Ce qu'elle évoque « au seuil » est une simple présence, qui prolonge toute l'expérience fine du rapport qui s'est établi avec une personne — cette résonance d'être à être qui va au-delà des mots.

À l'approche de la mort, dans la perte des capacités physiques, motrices, avec l'altération ou la disparition du langage, avec même la disparition des signes et des points de repère habituels, quelque chose de la personne reste intact.

Les mots ne font que l'approcher et il faut en user avec prudence, afin de ne pas réduire ce qui est fondamentalement une *expérience* à une interprétation quelconque.

Nul besoin d'idéaliser : il s'agit d'abord d'une souffrance pour le malade, et cela entraîne pour le soignant l'impression d'être mis en échec. « Il faut reconnaître qu'on est dans cette situation. On n'est plus un soignant qui essaie de comprendre ou d'aider une personne malade, on est dans une rencontre dont les conditions sont difficiles : deux êtres humains un peu dans la merde !

« Il faut accepter de ne pas savoir. Accepter d'être là et de ne pas savoir comment on va répondre à la situation, entrer dans ce qu'elle a de plus *frêle.* C'est comme passer par le chas d'une aiguille. »

Elle se souvient d'être arrivée à la réunion de transmission, un jour où un patient qu'elle connaissait bien était en train de décéder, et de s'être dit : « Mon Dieu, je ne vais pas y arriver... Je ne vais pas gérer cette situation-là... »

Quand le bip sonne elle se dirige vers la chambre avec la conscience, la sensation physique de son propre état intérieur, de son inquiétude, de son ignorance. « Ce n'était pas une angoisse. C'est une angoisse quand on lutte, quand on ne veut pas le reconnaître. Mais à partir du moment où je reconnaissais... C'est peut-être comme la créativité, comme la page blanche, sauf que là tu n'as pas de gomme pour effacer, pas de deuxième page pour recommencer. Et au moment où je suis entrée, je n'étais qu'un être humain dans une situation humaine, avec des êtres humains qui vivaient quelque chose de très fort. Et après, la situation s'est déployée *d'elle-même,* a montré ce qui était nécessaire. »

Le malaise de Claudine s'est en quelque sorte dissous dans l'acte, dans la présence, et peu à peu, près du seuil, chacun est entré dans son apaisement : celui qui s'en allait et ceux qui resteraient au bord du chemin, tout près du gros rocher.

*

« Il y a, dit Claudine, un au-delà de l'expérience qui ne m'appartient pas. Je crois que c'est Christian Bobin qui dit : "Aimer c'est être là jusqu'à une certaine limite, puis rester là, sans faire un pas de plus." »

Fantômes

Parfois, elle a l'impression d'être cernée.

C'est difficile à décrire à celui qui ne l'a pas vécu : c'est une musique qui retentit soudain, si nette qu'elle s'arrête au milieu du couloir et qu'elle tend l'oreille ; c'est ici, c'est la chambre 9, c'est justement cette musique-là qu'il écoutait lorsque nous lui avons donné le bain il y a deux jours, et ce matin en arrivant elle s'en est voulu de ne pas avoir été là quand il est parti (peut-être bien que c'est aussi un peu à lui qu'elle en a voulu, merde tu aurais pu m'attendre et je te l'avais dit, non ? avec tout ce qu'on s'était raconté et nos garçons qui ont le même âge, je sais, je sais, c'est moi et ce n'est pas moi, je vis avec ça) mais là elle est clouée, il n'y a personne dans le couloir parce que tous les autres sont dans les chambres et il y a *cette musique* elle le sait elle l'entend, cette vieille voix de bluesman qu'il aimait tellement, cassée par les cigarettes et le bourbon, de l'autre côté de la porte sur sa radiocassette qui le suivait partout et ses yeux quand il écoutait ça, son air d'être content, son air d'être en voyage, son air d'être libre — elle ne peut pas dire tout ce qu'il y avait dans son regard à ce moment-là.

Elle pousse la porte. Amar ou Héléna ne sont pas encore passés et les filles de la nuit ont fait sa toilette et il est là avec son foulard d'Indien, vraiment reposé — si pénible, malgré l'habitude, ces temps derniers de voir son visage qui changeait de couleur, sa voix et ses rires qui s'éteignaient dans un murmure, ses putains de mauvaises blagues qui s'arrêtaient au milieu —, là il a l'air bien, il a l'air en route pour un de ces pays qu'il aimait bien, un pays lointain, du chaud sous les palmiers.

La musique s'est arrêtée brutalement.

D'un coup elle le voit, son visage — pas son visage gris, ses cheveux qui sont devenus une sorte de duvet blanc, les yeux fermés, au-dessus de son corps qui ne bougera pas plus — non, son *vrai* visage *vivant*, tel peut-être qu'elle ne l'a jamais vu en vrai, ou alors peut-être un peu au début, quand il a débarqué sur la planète Maison comme un cow-boy de l'espace et du temps, avec ses yeux qui moquaient, qui riaient.

Il ne dit rien mais il a son sourire, son sourire de voyou, de rebelle qui en a fait, des coups, et qui n'est revenu de nulle part. Elle ne sait pas l'expliquer — la différence entre « imaginer » et « voir » n'est peut-être qu'une nuance — et là elle le voit non pas dans sa tête mais sur le mur, légèrement sur la gauche, juste à côté du dessin d'un neveu ou d'une nièce — celui qui dit « je t'aime » en lettres de toutes les couleurs.

C'est comme si Dieu organisait une projection pour elle toute seule — un vieux film muet, d'accord, qui s'est décalé de la bande-son mais ça fait plaisir quand même.

Elle ferme les yeux et il est toujours là.

*

Les soignants n'en parlent pas souvent et pas volontiers, mais on devine quelque chose dans leur regard quand ils reviennent d'un de ces voyages. Même des souvenirs anciens (car cela — au contraire des rêves — reste longtemps dans la mémoire et les détails sont gravés avec une précision que le temps rend presque solennelle) ne sont livrés qu'avec réticence, un sourire d'excuse.

Il y a bien sûr une sorte de timidité, de crainte diffuse d'être moqué. Même lorsque l'on se rend compte que les autres ont partagé semblables visions, et que les fantômes des uns entretiennent avec ceux des autres un cousinage d'ombres, la réticence ne cède pas.

Peut-être est-ce parce que ces images créent une sorte d'intimité qu'il est proprement déchirant de partager réellement : c'est toi qui me parles, toi mon père, toi cet étranger devenu mon ami, toi cette femme avec qui j'aimais raconter des blagues, et quelque chose de cela peut, doit rester entre nous.

Peut-être est-ce, également, parce qu'il n'y a pas loin — un souffle — du monde des fantômes souriants à celui des ombres grimaçantes et que, comme dans la vie, la merveilleuse fragilité de ce qui nous éblouit et nous apaise n'est pas séparée de la violence qui peut nous plonger dans les frayeurs les plus profondes de notre être.

*

Krystoff : « Dès l'aurore et jusqu'à l'aube, je laisse faire le cours de l'âme... J'ai souvenance d'une borne isolée, merveilleusement solide... J'y suis retourné souvent, la nuit aussi, en compagnie des ogres et des lutins. »

Une lettre d'Anja

L'image (origine hollandaise oblige) est celle d'une femme de Rubens, à la blondeur heureuse, épanouie. Dans le film d'Améris, le personnage interprété par Jacques Dutronc est renvoyé en rêve à l'enfance : c'est contre son sein largement découvert qu'il se presse. La « véritable » Anja, toujours pudique, rougit seulement d'y penser.

La première fois que nous nous voyons, c'est une nuit. Dans un moment de repos, elle évoque son trouble devant un patient, Claude, qui était arrivé avec son book où il s'appelait Claudia. Il suivait un traitement hormonal, il se maquillait, mais la maladie l'avait empêché de subir l'opération de chirurgie qui aurait fait de lui une femme. Il avait les cheveux longs et pas de poitrine, ses parents l'appelaient Claude (comme les soignantes) et ses amis Claudia. « Elle voulait faire tout ce qu'elle n'avait pas fait avant, dit Anja, et lui voulait rattraper tout ce qu'il avait perdu. »

Nous nous croisons souvent sans jamais prendre le temps de nous poser. Elle fait partie de ces gens qui semblent sans effort, spontanément, passer de l'autre côté du rideau des choses et des êtres. Elle ne dit que des choses simples, inattendues.

Quand le livre est presque fini, je me rends compte que les fragments de sa présence ne suffisent pas ; mais une fois de plus il n'y a pas de temps pour parler. Je lui propose de m'écrire.

*

Bonjour Antoine,

Est-ce la mort accidentelle de ma grand-mère, quand j'avais cinq ans, qui m'a rendue sensible, quand j'ai vu la détresse de ma maman qui perdait sa maman ?

En tout cas, à partir de là, la mort était présente. À six ans j'ai perdu devant mes yeux un petit camarade de jeux de six ans lui aussi. On m'a dit : « Ce n'est rien, il n'est pas mort. » Je me suis demandé comment on avait osé me tromper ainsi.

Et puis un jour j'étais avec mon père en voiture. J'ai vu cette fille traverser la route cinq mètres devant ses parents et elle a été renversée par la voiture d'en face. J'ai vu et revu depuis vingt-sept ans cette image... Plus fort que la mort était le désespoir des parents qui perdent leur fille unique. Je l'écris et j'en ai encore la chair de poule.

Elle avait onze ans, comme moi. Et aujourd'hui, je suis maman d'un enfant de presque onze ans.

C'est bizarre — les premières années j'avais « oublié » qu'en dehors de la Maison on pouvait mourir aussi. Quand mon ami Romain est mort le matin de ses trente-trois ans, le 13 mars 1996, j'en ai été bouleversée. Je ne m'attendais pas à ça. Je m'en méfie maintenant.

Tu me demandes si je me souviens de certains patients.

Celui qui me vient toujours et souvent à l'esprit, c'est un gendarme d'une trentaine d'années qui nous avait été annoncé comme « légume » (quel terme !). Il venait d'un hôpital marseillais, il avait le sida. Il ne pouvait pas marcher, pas voir, pas parler. Et il était là dans son lit, bel homme.

On l'installe au fauteuil, on lui donne à manger, et tous les autres gestes de la vie on les faisait pour lui. Il se passait quelque chose quand je le voyais, une attirance…

Il m'a touché les mains, touché les contours de mes ongles, j'avais les ongles longs comme sa femme. Je lui ai expliqué que je n'étais pas sa femme mais Anja. J'ai même coupé mes ongles mais notre relation si spéciale est restée.

Début janvier il neigeait et je lui ai fait toucher la neige. Il a eu une réaction de recul devant le froid qui m'a émue.

Il a touché les contours de mon corps, je savais qu'il savait que je n'étais pas sa femme.

Le jour d'avant son décès, j'en ai pleuré.

*

Il y a eu Christian aussi, un jeune homme, avec sa femme Véronique. Le jour de son décès, Véronique avait besoin d'air et elle m'a demandé de rester auprès de Christian. J'ai reçu cela comme un privilège, un cadeau, une preuve de confiance. C'est au mois de juin que la lavande fleurit et chaque année, au mois de juin, je retrouve la lavande... et Christian.

Je peux cueillir la lavande avec ce souvenir.

Il y en a tant, des patients, certains trop douloureux encore, ceux-là il faut que je leur donne d'abord une place dans mon esprit, mon souvenir, avant de pouvoir en parler ou écrire sur eux.

*

Souvent, auprès d'une personne mourante, j'ai le sentiment qu'elle subit un tiraillement entre les proches, ceux qui restent vivants, et ceux des parents ou des amis qui sont déjà partis... Elle est comme sur un fil, à droite à gauche, elle balance, balance parfois pendant plusieurs heures, jours, semaines. Et puis elle meurt d'un coup, agitée ou bien apaisée. A-t-elle trouvé un équilibre, un compromis ? je ne sais pas. Je sais que je suis spectatrice, témoin, tranquille et impuissante.

J'ai du mal à laisser ceux que j'aime mais (pour l'instant) la mort ne m'effraie pas. Ça me semble même paisible, calme. Mais ces dernières années, j'ai comme peur de m'attacher, de me lier d'amitié, peur de perdre, peur que l'autre ne meure... C'est une douleur que je connais bien, dont je me protège par avance : je me retire avant d'être blessée.

C'est aussi pour ça que j'ai voulu t'écrire, pour enfin dire ce que les soins palliatifs ont changé pour moi. Et que ça se sache : on ne s'habitue jamais, jamais. On vit avec comme on peut.

Je me dis souvent que les arbres ont de la chance, des bonnes racines et la tête dans les étoiles !

Demain, je voudrais voyager toujours dans les pays lointains, surtout voir le Gange, la cohabitation entre les vivants et les morts.

Enfin, j'aimerais dire combien toutes ces personnes ont apporté à ma vie. Pour moi, le mot, cela reste : « respecter ».

ANJA.

Il y a un temps...

Il y a un moment pour tout et un temps pour toute chose sous le ciel

Un temps pour enfanter,

Et un temps pour mourir...

La musique lancinante de l'Ecclésiaste prend ici une résonance particulière. La méditation propose le balancement même de la vie. Comment, à le lire encore, se laisser aller à un sentiment unique ? La tristesse ? Elle est présente et son goût doux amer colle au palais, descend dans la gorge... Mais la joie ? Elle passe, c'est sûr, comme une ballerine qui nous laisse de la légèreté dans les yeux, le cœur battant, la scène vide... La tristesse l'aurait-elle emporté ? Non certes, car cette joie est passée, nous ne pouvons l'oublier et bientôt, sans s'annoncer, elle reviendra. Alors la joie gagnerait ? Non plus, car la vie a plus d'un tour dans son sac à chagrins. La vie est *à la fois* ceci et cela.

Histoire de temps...

« Tout le monde ici est magnifique », dit Brigitte.

« Ici c'est atroce, ce n'est pas la vie », se révolte Félicette, une bénévole dont la sœur est morte ici et qui revient pourtant, le visage tourmenté par une douleur intensément présente.

Il n'y a pas à choisir l'une ou l'autre de ces vérités pour rejeter l'autre. Il faut les accepter toutes deux. Il y a un temps pour tout...

*

Domi a un visage mobile d'écureuil — une attention éveillée, un mouvement des yeux et du corps qui ne pèse pas sur celui qui est en face. « Elle est toujours, dit Jean-Louis, d'une justesse étonnante. Souriante, mais sans affectation. On sent qu'il y a un travail intérieur qui la fait rayonner. Et ça lui arrive de péter les plombs — mais toujours avec beaucoup de délicatesse ! »

Quand Domi a commencé à travailler à la Maison, elle habitait un petit village où elle exerçait à domicile, en libéral. Il y avait dans son village des petits vieux qui n'allaient pas bien fort. C'était il y a cinq ans. La plupart d'entre eux sont toujours en vie. Mais en cinq ans, depuis qu'elle est à la Maison, elle a vu partir cinq cents personnes — l'équivalent de la population entière de son hameau.

Ce n'est pas seulement qu'il y a eu cinq cents décès à la Maison : à cause de la taille modeste de l'endroit, à cause du sens du partage qui y règne, à cause aussi de l'organisation du temps, chacun des soignants a eu personnellement à faire au moins une fois avec chacun de ces cinq cents patients. Et c'est ainsi, jour après jour, qu'il faut vivre avec un cimetière au cœur — un cimetière dont la terre ne cesse jamais d'être retournée.

« Ici, dit joliment Domi, le temps est compté mais il n'est pas compté. »

Comment dire plus simplement, et avec plus d'élégance, que cela s'en va si terriblement vite ou si terriblement lentement (car il y a autant de souffrance à voir une agonie qui n'en finit pas qu'à vivre un décès dont la soudaineté même fait violence) qu'il n'y a d'autre manière pour être dans ce temps impossible que de le vivre à fond, avec un engagement total, sans petites économies, geste par geste, sourire après sourire. Rire aux blagues les plus crétines, ne jamais refuser la tendresse, ne pas laisser traîner un ressentiment, manger ce qui est bon, s'éblouir d'un paysage, d'une musique, vivre moment après moment ce que la vie nous donne de terrible et de beau.

(On entend souvent cette injonction, « vivre le moment présent », mais ce n'est pas toujours avec une vraie conscience de sa cruauté, de sa rudesse en tout cas : vis maintenant parce que tout cela autour de toi, ceux que tu aides, ceux que tu aimes et pour finir toi-même, tout cela va se défaire et disparaître.)

« Encore un peu de temps... » : c'est ce que lui a demandé Florence, la fille d'un patient qu'elle connaît « d'avant » et dont la famille lui est proche. Il est huit heures et sa nuit est finie. La femme de ce patient vient la voir et lui dit : « Sa respiration a changé... » Le souffle : c'est si souvent par là — à défaut de tout autre signe — que l'on sent le temps venu. Domi dit à la femme d'appeler les enfants, il est temps... C'est cela que Domi retient : l'homme est mort deux heures plus tard mais les enfants sont venus et Florence a eu un peu de temps (si peu de temps, trop peu de temps...) pour entrer dans la chambre, rester assise au bord du lit et puis doucement s'approcher pour prendre son père dans ses bras.

*

« Moi, dit Anja, je ne dis jamais à samedi quand je travaille mercredi. »

Et Blanche, l'esthéticienne qui passe une après-midi par semaine : « La première séance, je commence toujours par les mains... Avec certains, je n'ai jamais été jusqu'au visage. »

*

Il n'y a pas de réponse.

Il n'y a rien à comprendre.

Chercher le sens de tout cela est une entreprise hasardeuse, peut-être absurde. Tout juste peut-on, dirait Mireille, repérer des moments, des failles, des suspensions...

Domi évoque Vincent le chorégraphe — cet appareillage lourd avec lequel il était revenu et qui lui a rappelé la mort de son père, qu'elle n'a pu voir qu'à travers une vitre de la réanimation, à l'hôpital, relié par des tuyaux à ce qui était encore (mais si peu, si faiblement...) la vie. Si près, si loin.

Elle parle encore du temps, celui « qui bouffe et qui nourrit » (Jean-Louis), celui qui « plombe » (Mireille), celui qui passe tout simplement sur sa vie, de ce qui vient à son heure : arriver ici, peut-être en partir.

SÉPARATIONS

Les arènes de Lutèce

En plongeant dans ce livre, j'ai été renvoyé avec une intensité croissante à l'histoire de mes séparations. Mes deuils m'ont rejoint — je me suis souvenu de Gilbert, mort du sida dans les premières années de guerre, sans jamais avoir dit un mot de sa maladie ou même de son homosexualité — souvenu de Jean-Do, bien sûr, de François, de Jacques, de Charles, de Pauline — souvenu de mes deux grands-mères... Je me suis aperçu que mon carré de cimetière était déjà bien plus grand que je ne pensais.

Mais plus que tout, je voyais le visage de mes enfants aux arènes de Lutèce, lorsque leur mère et moi leur avons annoncé que nous nous séparions.

Nous avions été nous promener au zoo du Jardin des Plantes et c'était toujours une fête pour mon fils que de rendre visite aux animaux ; sans nous le dire, nous sentions avec sa mère que lui parler à cet endroit où il aimait tellement revenir, avec nous ou l'une de ses grands-mères, c'était le lui condamner.

Tout doucement, avec du coton dans les jambes, nous sommes sortis du jardin et nous sommes montés vers les arènes. Je n'y étais jamais entré — je me souvenais seulement que mon père y avait joué à la pétanque dans les années d'après-guerre, quand il habitait à l'hôtel Île-Saint-Louis.

Les enfants couraient autour de nous — Hélène si petite, Alexandre sur sa petite lune personnelle. Nous nous sommes assis sur un banc dans la partie haute, qui dominait l'esplanade de sable où sans doute, comme un demi-siècle plus tôt, il y avait des joueurs de boules. Nous avons pris les enfants avec nous, nous avons dit ces mots, ces mots maladroits que nous avions préparés dans la peine, ces mots qui disaient tout et rien et déchiraient leur monde.

Ils n'ont rien dit — pas pleuré ni crié. Ils ont juste demandé s'il y aurait des jouets chez moi et, au milieu des larmes qui nous montaient aux yeux, leur mère et moi leur avons dit que oui, bien sûr, il y aurait des jouets.

Je m'étais dit que je ne retournerais jamais aux arènes de Lutèce. Mais en entrant à la Maison, j'ai retrouvé le banc, exactement, où nous étions assis.

Baccarat

J'ai appris la mort de mon grand-père, le surréaliste André Thirion, au retour des vacances de Noël. La voix de ma mère était triste et tendue — elle avait passé tant d'heures à ses côtés, au cours de ces deux dernières années où l'envie de vivre s'était retirée de lui mais pas l'instinct de survivre, et voilà, c'était fini.

J'ai demandé comment cela s'était passé.

« La veille, m'a dit maman, il a bu une flûte de champagne avec son amie Christine et aussi son frère Louis-Claude. Et puis il a été emmené le soir à l'hôpital pour de légers troubles respiratoires... » Il est mort là-bas, le lendemain, dans une pause respiratoire. Mort seul.

Je pense à la tristesse de ma mère, à ce deuil qui commence d'un père qui fut un père si difficile à aimer — cet homme qui jamais ne lui fit grâce de rien (« J'ai voulu que tu sois parfaite, dit-il un jour fièrement. Et j'ai presque réussi ») et ne la remercia pas de son aide patiente, obstinée, inlassable et inquiète — sinon parfois, fugitivement, d'un sourire inattendu, d'une parole brutale.

J'ai pensé à Christine, toujours présente après ces années, à sa façon tendre de dire « André » comme si l'accent aigu était grave.

J'ai pensé à ces papiers que nous avions triés dans son petit appartement, avenue Simon-Bolivar, avec ma mère et ma sœur, et à cette tristesse chargée de poussière qui s'accumule avec les vieilles lettres de remerciement, les talons de chéquiers des années soixante, les demandes de crédit refusées, les manuscrits inlassablement repris, les volumes de Marx dont les couvertures se détachent, les inventaires, les récits d'enfance — cette curiosité qui s'achève dans l'abattement et le silence, au milieu des sacs-poubelle.

J'ai pensé au reste de ma colère contre lui et à la seule visite que je lui ai rendue au cours de ces derniers mois, au souvenir que j'avais de son corps affaissé dans le fauteuil — il dormait quand je suis entré et je me suis assis à côté de lui, j'ai posé ma main sur sa cuisse maigre et j'ai attendu sans hâte qu'il ouvre les yeux. J'ai roulé, ensuite, son fauteuil dans le petit jardin entouré d'immeubles où traînait un soleil tardif et froid. Je l'ai fait en lui racontant les atrocités de la conquête espagnole du Pérou. Ma colère battait encore au fond de moi. « Est-ce que tu te rends compte de ce que maman fait pour toi ? est-ce que tu ne lui diras pas merci, au moins une fois ? » Ses yeux qui riaient sont partis dans le vague (et moi, en même temps, je me rendais compte de la cruelle et inutile dureté de mes paroles mais c'était trop tard) et il a marmonné : « Mais oui, bien sûr, je le sais bien... » J'ai roulé son fauteuil dont un pneu était à plat, pensant que je devrais le regonfler (et en même temps je savais que je ne le ferais pas, n'attacherais pas d'importance à ce détail qu'il n'avait pas remarqué).

Dans les semaines qui ont suivi — et de plus en plus fort après chacun de mes séjours à la Maison — l'image de sa tête penchée me revenait. Sa faiblesse extrême me touchait, que j'avais découverte il y a quatre ou cinq ans, chez mes parents, lorsque après une bouteille de bon bordeaux je l'avais vu affalé sur le canapé, la tête renversée, le corps défait, demandant à Christine de lui prendre la main parce qu'il était vieux et seul. « Tout cela ne m'intéresse plus », m'a-t-il dit une fois — et je me demande s'il a autrement parlé de sa mort.

*

Nous l'avons enterré à Baccarat. Nous étions là, assis les uns contre les autres, ma toute petite famille, deux anciens combattants, une religieuse désœuvrée, un vieux localier au nez d'aigle et à l'œil bleu transparent, dans cette crypte qui fait penser à un blockhaus.

Au cimetière, le cercueil ne rentrait pas dans le caveau des Sainte Laudy où sa mère et sa sœur, dont le décès fut pour lui un déchirement sans mots ni larmes — et certainement sans cris —, étaient enterrées. « Madame, votre papa est en biais », a dit un des employés des pompes funèbres générales qui ressemblait à un gendarme des films de Louis de Funès. « Et en plus il a la tête en bas. » Nous étions là, une rose à la main, et ma mère a ri pour nous tous. « Monsieur, mon père a toujours été un peu de travers et je ne pense pas que cela le dérange d'où il est maintenant, au contraire. Mais si vous pouviez le mettre à plat... » On a entendu quelques grognements, quelques ahans et de ces instructions contradictoires que les hommes se donnent quand ils essaient de faire entrer une armoire trop grande dans une pièce trop petite.

Nous avons jeté notre rose.

Nous sommes montés sur la petite colline au-dessus de Baccarat et nous avons regardé la vallée de la Meurthe qui se rétrécit en direction de Raon-l'Étape. Au loin, les forêts étaient d'un bleu presque noir — ces forêts où adolescent il avait marché des centaines de kilomètres avec son ami Georges Sadoul.

Dans le train du retour, j'ai pensé à ces lignes de lui que je connais presque par cœur, depuis trente ans, la dédicace qu'il fit au jeune adolescent que j'étais de ce livre que je ne lus et relus que bien plus tard, *Révolutionnaires sans révolution*, livre de rêves brisés et toujours vivants, livre de jeunes gens fous de vie et qui apprirent la cruelle leçon de l'histoire — ses trahisons, sa violence, sa guerre — en la buvant amèrement.

« Il est dans l'ordre des choses qu'une ou deux générations d'hommes croient qu'elles sont en mesure, enfin, de remplir le tonneau des Danaïdes. Je souhaite, mon cher Antoine, que tu sois de ceux-là et que, néanmoins, la lecture de ce livre te porte à ne jamais négliger les Danaïdes pour le tonneau. »

Mon grand-père n'est pas mort à la Maison mais dans la froideur d'un hôpital, à Levallois, à une heure incertaine ; le dernier visage qu'il a vu fut celui d'une inconnue, ni hostile ni amical, et lui qui aima tant les femmes (et si mal), lui qui rêva avec Nancy Cunard et des comtesses lasses que sa colère gaie et son rire sardonique réveillaient, n'a emporté avec lui que l'image d'une blouse blanche. S'est-elle imprimée dans son esprit ? J'espère que non et que, s'il n'a pas eu la consolation d'une Vierge à qui, de son vivant, il aurait mis la main au cul, une rivière de soie et d'or, un friselis de turquoises et d'émeraudes sont passés sur ses yeux déjà fermés comme une brise d'été.

Mon grand-père n'est pas mort à la Maison, mais je souhaite que sa dédicace figure dans le livre de la Maison.

Il n'est pas risible qu'à l'heure où il s'en va, nous cherchions la meilleure part : c'est comme si la bonté prisonnière était enfin libérée. Pourquoi ne l'avons-nous pas vue avant ? Elle était encombrée d'un paquet de misères, de quelques petitesses — et même de moments de vrai courage — bref, largement de quoi nous obscurcir la vue et la vie. Mais maintenant ?

Je t'aime, tu sais.

DEUXIÈME PARTIE

DESTINS

Kaddish

J'ai souvent eu l'impression à la Maison que le passé n'existait pas. Il est difficile d'évoquer les histoires des patients pour cette raison : le présent est vécu avec une telle intensité que les souvenirs s'effacent, il ne reste que des fragments, un peu comme un dessin d'enfant qui aurait été gommé et dont il ne subsisterait, sous la feuille à nouveau recouverte, que quelques traces, quelques couleurs passées. La vie — éternel repeint.

Tout en respectant cette réticence, je ne me contentais pas de ces silences, de ces regards perdus, de ces « Il y en aurait trop » qui répondaient à mes demandes sans les satisfaire.

Je voyais bien, à travers les cahiers qui m'étaient confiés, dans le manuscrit de Mireille, dans les albums de photos ou les livres ouverts pour recueillir les témoignages des familles, le passage des visages, l'évocation des moments.

Mais c'était comme s'il n'était pas souhaitable, pas possible, que ces moments soient revécus — une fois suffit, « on n'entre pas deux fois dans le même fleuve ».

Un soir, nous nous sommes réunis chez Chantal, avec Jean-Marc et Jean-Louis, Sylviane, Lola, Zazia, Claudine — et nous avons commencé à tourner les pages de certains albums, au hasard.

*

Les histoires qui suivent ne sont pas censées raconter des personnages plus significatifs ou marquants que les autres : ils sont quelques-uns au milieu des six cents qui sont passés par la Maison et y ont vécu avant d'en repartir — d'une façon ou d'une autre.

En les relisant, j'y ai vu comme une sorte de prière des morts.

*

Jérôme est un patient VIH d'une sensibilité extrême, qui passe des larmes au rire pour un oui, pour un non. C'est comme s'il nageait dans une mer d'émotions sans aucune protection et que ces bonheurs et malheurs minuscules qui nous entourent et font notre quotidien le frappaient en plein, à la manière dont les événements exceptionnels nous atteignent.

Quand il est hospitalisé à Aix, Jean-Marc va le voir — et voici que Jérôme au cœur nu est cerné par tout un grillage d'obsession hygiénique — il faut pour l'approcher passer un bonnet et des gants. Quand il voit Jean-Marc, Jérôme fond en larmes : « Ici personne ne veut m'embrasser. Personne ne veut me donner la main. » Jean-Marc va voir l'infirmière et lui demande ce qu'il a : il est séropositif, dit-elle, il a le sida. Jean-Marc enlève le bonnet et les gants, il s'assied sur le lit et l'embrasse.

*

Maurice a une sorte de ressemblance avec Popeye. Il est un peu poète et il est tatoué de partout ; il y a sur sa poitrine le portrait d'une femme nue. Il porte une casquette. « Il faisait vieux vieux, dit Sylviane, et il était jeune jeune. »

La veille de son décès, il vient à table et il regarde tout le monde, tranquillement. C'est, dit Claudine, un très beau regard, dénué de tout jugement, le regard d'un être présent au monde, une présence intense et silencieuse.

*

Chaque fois que Thierry reçoit quelque chose de bien il fait une connerie derrière — il trouve une fille avec qui il veut vivre et juste après il braque une pompe à essence.

Dans la maladie de Thierry (VIH avec lemp, atteinte neurologique qui affecte progressivement l'autonomie de toutes les fonctions motrices), il y a une rage impossible à calmer — un hurlement qui ne cesse pas, une douleur qui ne cède jamais.

*

Henri et sa femme tenaient un gîte près de Barcelonnette. Malgré la maladie (une lemp), il reste d'une beauté à couper le souffle — celle d'un homme qui a respiré dans les montagnes et s'y est sculpté le corps. Ils ont un petit garçon de neuf ans qui s'appelle Ulysse.

Henri s'améliore provisoirement puis se dégrade brutalement, perd d'un coup toute autonomie physique et le langage. Sa femme vient voir les gens de l'équipe et les interpelle : « Un oiseau sur le bord de la route, vous ne le laisseriez pas souffrir comme ça. Si vous ne l'aidez pas à partir, moi je l'aiderai... » Jean-Marc : « En tout cas, on ne t'enverra pas les flics. »

La demande euthanasique est claire et ne cède pas ; le refus de l'équipe est tout aussi net. Au milieu, Henri n'exprime plus sa souffrance que par un regard intense, plein d'une conscience, plein d'un reproche qui prolonge les dernières paroles qu'il a prononcées avant que le silence ne s'empare de lui : « Entendez bien ce que je dis, après je ne pourrai plus le dire. »

L'équipe ne cède pas. On met en place une seringue d'Hypnovel, de façon que la femme d'Henri puisse le soulager des douleurs trop intenses.

Ulysse, le petit garçon, reste le plus souvent à l'extérieur de la chambre de son père : il colle des dessins sur la porte ; il n'entre dans la chambre qu'en coup de vent, il embrasse son père et il ressort. L'équipe souligne pour Henri la proximité de l'anniversaire d'Ulysse, la demande de son fils.

La femme d'Henri n'utilise pas l'Hypnovel (dont le dosage ne peut pas le faire mourir, mais simplement l'endormir). L'image utilisée pour elle par Jean-Marc est la suivante : « Tu es d'un côté de la rive, tu peux l'amener de l'autre côté à un moment ou à un autre et tu reviendras, mais ce travail-là se fait doucement. » L'image fait son chemin dans la tête de la femme d'Henri.

Quand il part, elle est allongée sur lui et respire avec lui. « Quand il s'est arrêté de respirer, j'étais de l'autre côté de la rive avec lui et j'ai eu l'impression que j'allais rester moi aussi ; j'ai repris ma respiration et je suis revenue. »

*

Stéphane est marié avec Laure, qui a eu d'un premier mariage un petit garçon maintenant âgé de cinq ans. Elle ne veut pas l'emmener à la Maison, parce que Stéphane est physiquement très altéré et aveugle, mais le petit garçon insiste : « Je veux voir Stéphane. »

Alors Mireille lui conseille de venir à la Maison avec l'enfant, de lui montrer les lieux, afin qu'il puisse se représenter l'endroit où est Stéphane.

Quand Laure arrive avec lui, un soir, le petit garçon répète, du haut de ses cinq ans : « Je veux voir Stéphane. » Stéphane a plus de quarante degrés de température quand on le prévient — à l'entrée de l'enfant il tourne la tête vers la porte et le petit garçon s'approche, sans peur.

Pour soulager la fièvre de Stéphane, il faut lui appliquer des gants froids et le petit garçon fait comme la soignante, il passe des gants de toilette sous l'eau froide du robinet et pose ses petites mains sur le corps brûlant de Stéphane.

Après, il descend et il fait un dessin avec une maison et un soleil énorme au-dessus.

*

Philippe était un « fonctionnaire d'autorité », un homme d'ordre. Mais le désordre s'est installé en lui et le gagne. Il peut tenir des propos d'une grossièreté inouïe, puis se reprend et s'excuse. Il est catholique d'éducation et de foi, et pourtant il dit à Mireille : « Ça ne tient pas. »

Sabine, sa femme, donne toujours l'impression qu'elle est en train de servir le thé.

La veille du départ de Philippe, Sabine vient avec leurs enfants et la petite fille va embrasser son père. « Papa, tu peux y aller maintenant, nous on te fait confiance. » Et Philippe meurt dans la nuit.

« Ça me fait plaisir », dit la petite fille, le lendemain, « c'est grâce à moi qu'il s'est arrêté de souffrir. »

*

Si Philippe et Sabine sont les Duquesnoy, la Maison accueille en même temps les Groseille : Georges et sa maman, qu'on retrouve parfois en train de faire pipi dehors parce que le cabinet c'est pas pratique.

Comme Georges va mieux, Jean-Marc emmène sa mère dans le salon pour l'informer. Elle le regarde sévèrement. « Qu'est-ce qu'on va faire de la boîte ? » Jean-Marc se demande un instant de quoi elle parle avant de comprendre. « Le cercueil, on l'a acheté. C'est pas parce qu'on est pauvres qu'il faut enterrer les gens comme des chiens. »

Georges est toujours en vie. J'espère que sa maman a pu revendre la « boîte ».

*

Zézette a une petite frimousse de vedette et sa chambre est une réserve qu'elle s'est aménagée. Elle est envahie de plantes — il y a même un cactus.

Et une grande glace où elle peut se regarder quand elle veut se faire belle.

*

Jean-Pierre a été surnommé Géo Trouvetou. Son manuel de bricolage ne le quitte pas et il s'est installé un établi sur la table devant lui. Il a branché sa micro-chignole sur la sonnette d'appel.

Comme il fume des pétards, sa mère va les lui chercher et les lui roule. Quand on rentre dans la chambre pendant l'opération, elle reprend précipitamment son livre de tricot.

Un jour elle sort de la chambre toute pâle. Jean-Marc lui demande si elle va bien, il veut lui prendre la tension. « Il n'arrivait pas à allumer sa cigarette, dit-elle, j'ai voulu l'aider et maintenant je ne me sens pas très bien. »

Elle dit toujours : « Le jour où il partira, je partirai. »

Deux ou trois mois après la mort de son fils, elle est hospitalisée pour un cancer. L'équipe de la Maison lui envoie un bouquet à l'hôpital mais, le temps qu'il arrive, elle est déjà morte.

Elle faisait un très bon couscous, elle avait donné la recette à Zazia.

Les beaux yeux qu'ils avaient, tous les deux.

*

Romain fait des plans, toujours. Il a des catalogues pour s'acheter un camping-car neuf. Il veut toujours rentrer chez lui et, malgré son état de dégradation, Jean-Marc finit par accéder à cette demande répétée.

Quand ils appellent le premier soir pour prendre des nouvelles, la ligne sonne occupé sans arrêt. Ils finissent par apprendre que Romain a mis le feu accidentellement à sa chambre, l'appartement a brûlé. Pendant l'incendie il a appelé sa mère à l'aide et elle a essayé de le sortir de la chambre. Il est mort et elle est brûlée au troisième degré.

Avant de partir, il tarabustait les cuisiniers pour qu'ils écrivent des recettes à sa mère. Et elle, sa petite maman, elle disait toujours : « Ça, faire à manger, c'est vrai, je ne sais pas. »

*

Loulou se souvient d'une patiente qu'il s'occupe d'accueillir et d'installer. Comme un interrupteur de lampe ne marche pas (à l'époque, Krystoff, le facto, n'a pas encore été engagé), il le change lui-même. Un peu plus tard, il faut lui poser une perfusion et il s'en occupe également.

Le soir, la fille de la patiente téléphone et dit : « Ma mère ne va pas rester. Elle n'a pas du tout envie d'être soignée dans un endroit où c'est l'électricien qui pose les perfusions. »

*

Céline est restée vingt-neuf jours sans manger. Elle buvait un Coca et du café. Et elle fumait un joint le soir.

Céline, on aurait dit un coquillage.

*

Olivier est resté sans rien absorber pendant plus longtemps encore. Il était travaillé par une douleur impossible à calmer : à 1,8 gramme de morphine il hurlait encore.

À la toilette, alors que les soignants le touchent à peine, avec d'infinies précautions, il hurle : « Dis-leur, maman, ils me torturent ! » Les parents entrent, au début, violemment en conflit avec l'équipe. « On est venus chez vous parce qu'on nous a dit que vous étiez des spécialistes de la douleur. Mon fils n'arrête pas de souffrir. Merci ! »

Les parents d'Olivier font des films documentaires, ils vont tourner sur des volcans. Ils habitent une maison en bois.

Le corps d'Olivier : tu avais peur de le casser.

*

Michel, si maigre dans sa robe de chambre à rayures blanches et bleues.

La nuit où il part, c'est Zazia qui est là — c'est une nuit où ça part de tous les côtés. Une femme qui meurt à minuit dans une hémorragie ; un deuxième à trois heures du matin ; et puis Michel, à six heures, dans ses bras.

Sa mère ne voulait voir personne d'autre que son fils dans la Maison. Elle se changeait pour aller dans sa chambre.

*

Elizabeth Platelle vient à la Maison, juste avant un spectacle donné au profit de la Maison par les danseurs de l'Opéra de Paris. Hervé lui dit qu'elle est sa danseuse préférée. Le soir il s'habille pour le spectacle, avec un costume et une chemise qui en contiendraient trois comme lui. À la fin, la danseuse lui offre ses ballerines dédicacées.

Elles sont dans le cercueil, avec lui.

*

Il y a une canne qui a l'air de se transmettre toujours au plus vieux séropositif d'Aix.

*

Florence appelle : « Louis est mort. » Tout le monde commence à pleurer parce que c'est arrivé si brutalement — il faisait des apnées respiratoires, mais bon. Ils vont en groupe vers la chambre d'où Florence ressort : « Non, non, il n'est pas mort. »

*

Anne ne mange que des spaghettis.

*

Laurent veut toujours se lever et il faut se lever avec lui, l'accompagner, le suivre partout où il va, comme s'il pouvait apaiser sa rage en parcourant des kilomètres de couloirs.

Quand il ne peut plus bouger, il faut capitonner son lit parce que autrement il essaie de passer la tête entre les barreaux et parfois il y arrive.

Sa compagne dit souvent : « Même un chien, on le laisse pas crever comme ça. »

Un jour elle part se cacher et on la retrouve accroupie derrière le grand fauteuil du hall d'entrée. Laurent a fait une convulsion et elle ne veut plus sortir de derrière le fauteuil.

Il meurt une après-midi, à trois heures, juste à la fin de la réunion de transmission. Elle ouvre les fenêtres : « Qu'il parte avec le soleil ! »

*

Il y a le mariage d'Isabelle, qui perd un peu la tête, ne sait plus si elle veut.

Le jour de son mariage, elle dit un beau « oui » plein de netteté.

*

C'est un groupe de patients qui sont tout le temps ensemble. À onze heures, le matin et le soir, ils font terrasse pour l'apéro. De temps en temps, ils vont tous ensemble à la plage.

Dominique organise tout ça, Dominique aveugle et qui a perdu sa fille dans un accident de scooter alors qu'elle était déjà à la Maison. Dominique est poursuivie par les décès et il faut lui annoncer ça, l'accident, et elle reste debout, elle encaisse. Elle dit : « Ce jour-là, le rideau est tombé. » Avant l'accident, elle voyait encore des formes ; depuis, plus rien.

Dominique est une amie de Bri. Pendant les dernières nuits de Dominique, Bri dort de l'autre côté de la porte pour l'entendre.

*

Jean fait jouer *Ce n'est qu'un au revoir* à son enterrement.

*

Renée est la seule personne qui peut appeler Amar Mouloud sans qu'il se fâche. Quand elle trouve qu'un médecin s'occupe mal de sa fille elle dit : « Toi, connard ! » Si on la fait attendre à l'hôpital elle pousse tout le monde, elle ouvre la porte et s'assied : « Maintenant, tu vas me dire ce que je suis venue chercher. »

Pour Renée, un Arabe c'est un bougnoul. Mais quand elle voit Zazia elle lui dit : « C'est toi qui as fermé les yeux de ma fille avec Jean-Marc. »

*

Antoine avec le peignoir rouge qui s'assied toujours en bas des escaliers. Il regarde, il écoute, il ne dit pas grand-chose. Il a écrit un mot : « Et même le docteur il vient me voir tous les jours. C'est vraiment une belle maison. »

*

Françoise visite la Maison allongée sur un brancard. « Moi je suis prête, dit-elle, j'ai un cancer et je vais mourir dans quelque temps. »

Jean-Louis n'en croit pas ses yeux : en voilà une qui a l'air de sortir tout droit d'un chapitre apaisant de *La Mort intime* !

Françoise s'entoure de sachets. Elle met tout en sachets et des sachets dans les sachets. Elle stocke les couches, les serviettes, les papiers... Elle se commande des étagères — des étagères bleues — pour tout conserver et ranger. (Sylviane qui la connaît « d'avant » dit qu'elle collectionnait déjà les sachets quand elle l'a rencontrée aux Weight Watchers. « Tu y allais, toi, aux Weight Watchers ? — Et voui, j'y allais. »)

Un jour, Mireille trouve Françoise un plan cadastral à la main. Sa curiosité est éveillée.

« Qu'est-ce que vous tenez ?

— C'est le plan du cimetière, dit Françoise très digne. Ici il y a mes parents, là mes beaux-parents... »

Puis elle pointe son doigt à un endroit :

« Et là, c'est moi qui serai enterrée. »

Elle sent la surprise de Mireille.

« Vous trouvez ça étrange ? Pas moi. »

À l'approche de la mort, Françoise commence à manifester des signes de panique et les sachets ou les sacs en plastique se multiplient, entourant son lit comme des bouées inutiles autour de la coque d'un navire à la dérive.

*

Laurent : « Je préfère ma vie — vingt-huit ans que j'ai brûlés par les deux bouts — plutôt que de vivre jusqu'à cent ans et de me faire chier. »

*

Pendant la Deuxième Guerre mondiale, Yves est embarqué par le STO. Il réussit à faire parvenir des lettres à Pierrette et elle sent qu'il ne tiendra pas le coup, il ne reviendra pas. Yves est un homme jeune qui aime s'asseoir et lire des poésies, un homme sensible qui ne résistera pas seul. Yves et Pierrette ont une petite fille de deux ans.

Pierrette fait ce que Chantal appelle son « choix de Sophie ». Elle confie sa fille à sa mère et part rejoindre Yves en Allemagne. Pour qu'il s'en sorte.

Ils rentrent ensemble.

Ils ont deux autres filles.

Plus tard, Pierrette élève sa petite-fille — comme sa propre mère a élevé sa fille.

Chantal : « Tu vois une mémé qui fait tartine-confiture et tu vois la vie qu'ils te racontent. »

*

Rémi est VIH ; il arrive à un stade grave, paralysé. Rémi a été un séducteur et il reste séduisant. (Il plaît bien aux petites-filles d'Yves et Pierrette.) Il sème un peu de trouble dans l'équipe.

Il demande à Nadia de l'emmener faire de la voile. Nadia constitue un équipage avec son ami Robert et deux autres membres de l'équipe, Pierrot et Muriel. Le dimanche suivant, les voilà partis. Ce que Robert veut, c'est voir Notre-Dame-de-la-Garde, protectrice des motards qu'il venait prier autrefois. Quand il en a les yeux bien pleins, Robert lui dit qu'elle est belle vue de la mer et qu'il a envie de vivre.

Peu à peu, grâce aux nouveaux médicaments, animé de la force de désir qui le maintient en vie, Rémi progresse à nouveau — au point qu'il n'est plus possible de le garder à la Maison. Il y est tellement chez lui que Jean-Marc se sent obligé de l'emmener un soir dîner à Marseille, sur le Vieux-Port, pour lui annoncer qu'il doit partir et vivre. « Vous me foutez dehors », dit Rémi.

Dans la maison de repos où il part d'abord, on le retrouve avec une stagiaire sur les genoux.

Rémi est toujours sur son fauteuil roulant, mais il a aujourd'hui un appartement et il vient de passer son permis de conduire.

*

Gilles a un visage magnifique et un corps en décrépitude totale. Son Kaposi le prend jusqu'aux ongles. Il est cartonné au point de ne pouvoir bouger.

La nuit de sa mort, ce sont Zazia et Nadia qui sont là. L'amie de Gilles : « S'il meurt, je vous tue. » Zazia : « D'abord, vous sortez, et ensuite on verra si vous me tuez. »

Il est mort le matin.

*

Pierre-Yves a un visage de bandit et une jambe de bois, ce qui lui donne une allure mécanique, dont il accentue le côté effrayant en se promenant dans les couloirs, la nuit, et en entrant dans les chambres sans prévenir.

De temps en temps il se casse la figure et on le voit revenir la jambe sous le bras.

« Au fond, dit quelqu'un, il était assez décalé, Pierre-Yves, assez touchant. »

*

Maud, chambre 6, personne ne nous avait dit que c'était un transsexuel pas opéré. Elle était blonde avec les cheveux longs. La première personne qui l'a déshabillée a découvert un sexe d'homme.

Sa mère venait à chaque fois avec son cabas.

Chaque fois qu'elle me voyait avec quelque chose elle le voulait. Je lui ai tout donné. Je l'aimais beaucoup.

*

À la fin de la soirée, les voix disparaissent dans la nuit, avec les rires et les sanglots étouffés. « Je ne vais pas pouvoir dormir, dit Sylviane, je vais être avec eux toute la nuit. » « Il ne faut pas refaire ça trop souvent », dit quelqu'un d'autre — peut-être Lola qui n'a pas beaucoup parlé, ou bien Claudine, de sa voix douce.

Je demande s'il y en a qu'ils ont oublié. « Aucun, dit Jean-Marc, ils sont tous là. »

Et au cœur de la nuit, moi aussi je les vois, les âmes mortes revenues à ma demande : ils sont tous là.

Les yeux ouverts, je dis la prière des morts.

Danse, danse, danse

Les photos noir et blanc sont belles, elles dégagent une sorte de grâce fragile, austère. Face au mouvement de la danse — qui porte la fluidité fugace et tragique de la vie même jusqu'au paroxysme — la photo représente une fois de plus cet étrange, ce beau paradoxe : geste arrêté, courbe interrompue, visage penché, impossible effort d'échappement. Quelque chose est tué symboliquement, quelque chose meurt. (Et pourtant il reste une trace de ce qui, alors, fut vivant.)

Vincent était chorégraphe — il voyait la danse comme on voit l'amour, c'est-à-dire qu'il n'était pas à l'extérieur, exerçant un pouvoir ou une technique, mais à l'intérieur, dans le cœur même du mouvement et de l'émotion.

Peu avant le diagnostic de la maladie, il avait rencontré une jeune femme — une danseuse — avec qui tout partager, l'émerveillement de la passion en même temps que l'invention perpétuelle et intime de la vie qui bouge, des gestes qui touchent. Je crois — car ce fut un temps bref et magnifique, un temps menacé — qu'il n'y a rien de plus bouleversant et de plus profondément humain que de vivre cette beauté-là, que l'on peut appeler la création elle-même, dans son flamboiement tout intérieur, quand il n'y a plus de frontière consciente entre le sentiment et l'expression, entre la personne qu'on aime et l'œuvre qu'on fait naître.

Je ne sais pas combien de temps cela a duré — quelques semaines, quelques mois — avant que le verdict ne tombe sur la tête de Vincent : sclérose latérale amyotrophique. Pronostic sûr : paralysie progressive des fonctions motrices. On perd l'autonomie des membres, on a le corps peu à peu englué, arrêté, et jusqu'au mouvement des lèvres, jusqu'à l'arrêt du souffle. La mort est certaine, seul le délai varie.

Par la mère de Montaine, sa compagne, Vincent avait rencontré Jean-Louis. Il a voulu venir à la Maison avant d'être trop dégradé, pour « apprendre » sa maladie et vivre un temps de pause.

Il y est resté deux mois — deux mois au cours desquels, à partir de sa relation avec Jean-Louis, puis Jean-Marc, son lien avec toute l'équipe s'est enrichi, alimenté par la générosité, la curiosité de son regard, l'attention permanente de son ouverture aux autres.

« La première fois que je l'ai vu, se souvient Mireille, il voulait rédiger une lettre pour ses enfants, pour leur expliquer. » Vincent s'est séparé de la mère de ses deux enfants ; il vit une relation pleine, intense, sensuelle avec Montaine. Mais son amour ne « quitte » pas ses enfants et leur mère. Il y a de la souffrance bien sûr, la force habituelle de la culpabilité, sans doute ; et pourtant Vincent aime, encore et encore. Il y a aussi ce lien, que Mireille l'aide à rejeter, qu'il ne peut s'empêcher d'établir entre sa séparation familiale et l'apparition de la maladie, si peu de temps après. C'est un poids pour lui, un poids pour eux — un poids que Vincent soulève dans une lettre qui les aide tous à aller au-delà de ce vertige de souffrance dans lequel chacun aurait des raisons de s'engouffrer.

Il y a quelque chose de profondément touchant et triste dans l'amour que Vincent porte à sa jeune compagne ; car leur relation est née dans une exaltation, dans un partage des corps qui a fait naître une sensualité, un désir qui ne cède en rien dans la maladie. Et tandis que le corps de Vincent change (Mireille : « Il savait qu'il allait être figé, comme une danse au ralenti où il sent que le mouvement va s'arrêter »), tandis que la présence de Montaine reste tellement rayonnante que chacun en est touché, il faut pourtant jour après jour apprendre à renoncer.

Ce qui frappe Mireille, comme Jean-Marc, comme les autres, c'est ce qu'elle appelle son « intelligence complète » : celle du corps bien sûr (comment en serait-il autrement, pour un artiste qui a fait du corps la matière même de son œuvre ?) mais aussi celle de l'âme, une intériorité, des ressources « ensemencées » depuis longtemps et qui, dans cette phase difficile, presque inacceptable, continuent à l'aider à vivre.

Il faut vivre avec cela : vivre avec ce corps « né pour l'élation » (Mireille) et qui devient peu à peu l'instrument d'un écrasement, d'une prison qui se resserre.

Grâce à sa richesse intérieure, à la proximité des siens, avec le soutien de l'équipe, Vincent qui était entré à la Maison pour mourir en ressort avec l'idée d'un spectacle.

Il s'appellera : « Autre Monde ».

*

Beaucoup de membres de l'équipe ont été, avec Chantal et Jean-Marc, à Alès pour assister à cette création.

Là-bas, de plus, une équipe (l'équipe médicale) en rencontre une autre (la compagnie de danse de Vincent). Des choses simples passent : de la beauté, de l'amitié, du champagne, des larmes plus ou moins retenues.

Vincent est chez lui, mais le lien avec la Maison n'est pas rompu. Le contact est permanent avec Jean-Louis comme avec Jean-Marc et l'équipe l'accompagne médicalement dans chacune des étapes de la maladie.

C'est grâce à Vincent, avec Vincent, qu'ils apprennent réellement ce qu'est cette maladie qui fait voler en éclats tout principe ou certitude trop établis.

Il vient un point dans l'évolution où les troubles respiratoires débutent. Le patient et l'équipe médicale sont alors confrontés à un choix redoutable : laisser faire et c'est la mort à bref délai, dans des conditions particulièrement pénibles ; ou bien retarder l'échéance avec un respirateur artificiel ou une trachéotomie. L'appareillage procure une sensation de mieux-être dont on ne peut que constater l'efficacité cruelle : le patient ressent un confort immédiat, mais il est désormais « attaché » à sa machine, et dans un délai variable, il est confronté à la même issue, cette fois-ci fatale.

Dans cette situation, il n'est pas rare que, à un stade précoce de la maladie, le patient et les soignants ne s'accordent pour refuser le principe de cet appareillage lourd et, en fin de compte, inutile. Mais ces principes cèdent souvent devant la réalité de la maladie : pour un patient à qui, littéralement, l'air manque, la possibilité d'être soulagé et de respirer est une perspective qui s'accorde à ce qui, en lui, refuse de céder — le pur instinct de la survie.

Il est alors particulièrement inutile — et à la limite d'un sadisme involontaire — de lui proposer le choix dans les termes où, pourtant, ils se posent d'un point de vue technique. « Vous avez le choix de refuser la trachéotomie, dit-on en substance au patient, mais si vous l'acceptez vous ne pourrez plus revenir en arrière. »

Ne pas brancher : c'est laisser sa liberté au malade. Débrancher : légalement, c'est une euthanasie.

Vincent autonome était, avec l'assentiment de Jean-Marc et des autres, opposé à la trachéotomie. Mais arrivé devant l'obstacle, gagné par l'angoisse de l'insuffisance respiratoire, il s'interroge.

Jean-Marc arrive, dans le service de réanimation de l'établissement où Vincent est hospitalisé, pénétré de l'idée que Vincent refuse la trachéo et que c'est l'équipe médicale locale qui la lui « impose ». Très vite il se rend compte qu'il n'en est rien : l'équipe est compétente, très à l'écoute. Et la demande vient de Vincent lui-même.

Jean-Marc lui fait passer un message simple : « Tu es seul à pouvoir faire ton choix mais sache que, quel qu'il soit, nous te suivrons. »

Ce n'est pas une situation simple sur un plan affectif non plus. L'entourage de Vincent a été surpris, choqué du « revirement » de Jean-Marc. Ils s'attendaient qu'il les soutienne et son adhésion immédiate à la demande de Vincent les trouble. Même quand ils acceptent à leur tour ce choix, l'organisation est lourde, pénible : avec les aides nécessaires, l'appareillage reste une contrainte qui grève terriblement la vie quotidienne. Les remises en question sont permanentes : c'est cela aussi, la SLA, elle s'attaque à tout ce qu'il y a d'amour en toi.

D'abord, elle n'affronte pas le cœur du sentiment, dans ce qui fait à tes yeux l'essentiel de la relation. Elle te prend par la bande, elle te grignote par le quotidien, elle transforme doucement chaque geste en enfer, elle te plombe à force de répétition, elle ôte toute légèreté de la vie.

Et quand tout ça est devenu lourd, trop lourd, on ne veut plus, on n'en peut plus.

Vincent décide de revenir à la Maison.

*

Vincent revient pour mourir. Il revient pour que l'équipe l'aide à mourir. Il l'exprime dans un fax qui précède son retour, et aussi clairement par la bouche de Montaine. La réponse de Jean-Louis, celle de Jean-Marc est celle de la Maison : nous ne pratiquons pas l'euthanasie.

Mais quand Vincent viendra à la Maison, ils pourront en parler, approfondir avec lui...

Quelque temps plus tard, nouveau fax de Montaine : pas d'euthanasie maintenant... Quand Vincent arrive finalement (« Attention, maintenant je suis gros et laid »), la demande reste ainsi en suspens : même si elle n'est pas réitérée, il est difficile de faire comme si elle n'avait jamais été formulée.

Jean-Louis ressent le besoin de faire le point avec lui... Le problème est que la prise en charge de Vincent est techniquement très lourde et que la totalité de l'attention se porte sur la compréhension de l'appareillage, sa manipulation. Et puis, Vincent est dans cette phase d'usure absolue de la maladie, quand deux centimètres à droite ou à gauche dans une position peuvent provoquer un inconfort, puis une souffrance épouvantable. Trouver des moments de soulagement (parler de bien-être est impossible, sinon peut-être dans le bain) est un travail d'« horloger » (Mireille) avec ce corps chosifié, qui ne vit plus que dans la frustration de l'attente.

« Après, dit Mireille, il reste moins de place pour l'espace interne. Toute l'énergie d'échange, de communication, de correspondance entre deux pensées, tout est consumé. »

Il était question de communiquer par ordinateur et Vincent lâche là-dessus — il ne veut plus.

À cet instant, il monte en Jean-Louis (Loulou le calme, l'homme des compromis et de la sagesse légendaire) une révolte qui le prend par surprise et le submerge.

« Ce n'était pas possible qu'il meure maintenant, il y avait quelque chose qui n'était pas terminé. Il avait une clairvoyance sur lui-même, une honnêteté, une intégrité par rapport à ce qu'il vivait. Il voulait maîtriser sa vie — mais avec douceur —, rester maître mais entouré, avec la participation de ceux qui étaient autour de lui. Pour moi, ce n'était pas acceptable qu'il parte sans qu'on ait élaboré quelque chose. » Jean-Louis fait une brève pause et dit avec son sourire : « Et c'était complètement con. »

*

Vers la fin, il reste un regard.

Le regard de Vincent se pose droit dans les yeux de son interlocuteur, il exprime la chaleur et l'humanité. Mystérieusement, sans mots, les émotions sont échangées. Rien qu'une présence d'être à être.

Vincent est, tout simplement, en train de lâcher.

Celui qui, après avoir « parlé » avec Vincent, l'explique finalement à Jean-Louis, c'est Jean-Marc. Vincent est épuisé, il est au bout de son chemin. Il ne reste rien à élaborer parce qu'il ne reste rien à vivre. Aucune des représentations extérieures, aucune des questions, aucun des projets ne tient devant cet épuisement-là. Alors il faut juste être à côté de lui.

Jean-Louis s'apaise.

*

Domi, l'infirmière, s'est toujours senti des affinités avec Vincent. Elle aime jusqu'à la lampe rouge avec laquelle il est revenu et qui fait une lumière douce, reposante, la nuit, quand elle entre dans sa chambre.

Le matin de sa mort il y a quelque chose dans l'air, sans que les mots soient dits. Elle téléphone à Marie-Claire, l'aide ménagère qui a soutenu Vincent pendant les deux ans où il a été à domicile.

Ensemble, elles choisissent une chemise, un polo que ses enfants lui avaient offert et que Vincent aime. Elles le lui passent.

Jean-Louis ouvre la porte et comprend en un coup d'œil. Il la referme. Quelques minutes plus tard, Jean-Marc arrive. Il écoute le cœur de Vincent. « Il avait changé de couleur », dit Domi. Vincent est parti.

Marie-Claire répète : « Je n'ai pas eu assez de temps, j'avais encore tellement à lui dire... » et Domi : « Le polo. Sans toi, il ne l'aurait pas porté. »

*

La révolte de Jean-Louis, quelques semaines plus tard, est encore présente — et le souvenir de cette angoisse panique qui l'a étreint.

Il se dit bien que rien n'est réellement accompli, achevé, « rond », que la vie ne décrit pas une orbite qui amènerait l'homme à sa fin, au jour et à l'heure. Il est même, avec Mireille, l'un de ceux qui se sont fait sinon une religion, du moins une sagesse pratique, de l'acceptation de ce qui *est*, quoi que ce soit.

C'est pourquoi les remous du refus qui s'agitent en lui continuent à l'étonner, malgré le soulagement que Vincent ait pu partir ayant échangé ce qu'il voulait avec les siens, entouré de ceux qu'il aimait.

Je lui dis : « Mais ta réaction est très humaine ! » Il réfléchit : « Oui, mais tout de même... » Et j'entends : au moment où tu te sens non pas blindé mais un peu protégé, expérimenté, mûr, ça te tombe dessus, ça te secoue, ça te remue de la cave au grenier et tu es comme un con, comme les autres, comme avant, avec ta révolte et ton chagrin.

Il ne fait aucun de ces commentaires-là. Il dit juste : « Vincent est parti et ça n'a pas été inacceptable. »

*

La mort de Vincent ne laisse personne indemne à la Maison. Et puis il y a ses proches, sa famille, toute la troupe de sa compagnie — du chagrin qui danse à la crête des vagues.

« De l'intensité — trop d'intensité, presque, dit Mireille. Ça me tue. » Elle sourit. « C'est la mort d'un artiste — elle entraîne dans une dimension et elle tend à créer de la beauté encore, là où on n'en aurait pas forcément vu. »

Je regarde ces photos, une fois de plus. On n'y voit pas Vincent lui-même : des corps pleins de grâce, des jeunes femmes au regard clair, parmi lesquelles, peut-être, se cache Montaine, la femme qu'il aimait si fort et par laquelle il aimait aussi et les autres et le monde.

Il n'est ni gros, ni laid, ni empêché de parler ou de vivre. Il est léger et, s'il garde le silence, son sourire attentif s'élargit jusqu'à devenir son visage entier, son être même.

Et tout ce temps-là il danse, danse, danse.

Eugène

Il est bien, Eugène.

Tu vois, ces curés, je les connais bien et beaucoup d'entre eux j'ai vraiment du mal, ceux de chez les scouts avec leurs shorts et leurs jambes roses, leur air perpétuellement ravi, l'évêque à la communion de ma fille avec la haine de la chair et la vie éternelle pour après, ceux qui se la jouent sympa et moderne, les doctrinaires qui ont réponse à tout, ceux qui disent « à moi les petits enfants », ceux qui picolent en cachette — cet air de savoir et derrière des tartines de honte.

Eugène n'est pas d'accord, évidemment. « Ce sont des hommes comme moi, dit-il, ceux dont tu parles, des hommes qui souffrent. » Oui mais ils ont charge d'âme, on dit ça, et ils n'arrivent même pas à porter la leur.

Eugène, il n'est pas comme ça. À la Maison, on parle d'Eugène et ils disent (même Chantal et pourtant eux, si je ne les aime pas, elle les aime encore moins que moi) : « Il est bien, Eugène. » Et voilà, quand on le voit, on pense à ça tout de suite : il est bien, Eugène.

Eugène a dû interrompre ses études de théologie parce que ses deux parents, à quelques années d'intervalle, sont morts de la même maladie : la tuberculose. En tant qu'aîné des enfants, c'est lui qui a repris le commerce familial : il est devenu horloger-bijoutier. Quand il me le dit, je me demande pourquoi ça me donne une irrésistible envie de rire. Il chante les psaumes le dimanche et *Diamonds are a girl's best friend* le reste du temps. Je lui demande s'il pratique le commerce en soutane et il dit que non, la soutane c'était pour le dimanche — il avait même des paroissiens qui croyaient qu'il avait un jumeau.

Ce qui me fait sourire, je crois, c'est l'humanité particulière et très simple qu'il y a là-dedans : le curé fait du piercing, le curé répare des montres (après tout, n'est-il pas censé avoir un rapport spécial avec le temps ?), il ne fait pas la distinction (ou en tout cas il ne le montre pas, s'il l'a remarquée) entre les anneaux qu'on offre aux fiancées et aux mariées et ceux que l'on réserve aux amantes.

Pour Eugène, l'école de la vie a suivi celle du séminaire et il arrondirait les yeux de surprise si on tentait d'y relever une contradiction. Il a appris ce qu'il savait déjà : il ne sert à rien d'aimer Dieu si l'on n'aime pas ses créatures.

Quand son frère cadet, après son service militaire, a été libre de reprendre la bijouterie, Eugène s'est envolé. Membre de la Mission de France, où l'on doit être « dans la vie » (ce qui implique, entre autres, de la gagner), il a été tour à tour menuisier, informaticien, et j'en oublie... Il rappelle chaque étape avec sa belle simplicité, comme s'il lui avait été impossible — ainsi qu'à un gourmand — de résister aux pâtisseries de la vie.

Devenu spécialiste d'ingénierie informatique dans une grande banque nationale, il travaille en semaine près de la Maison de la Radio et dit la messe le dimanche à Gennevilliers, paroisse dont il a la charge. Je me demande s'il n'y a pas chez lui une sorte de goût rentré pour la comédie — goût qu'il a fini par accepter pleinement, d'abord en devenant aumônier des artistes sur Aix et sa région, puis en interprétant son propre rôle dans le film *C'est la vie.*

Toujours est-il qu'après sept ans de banque et banlieue, sept ans de stress et messe, métro, boulot, credo, il fait l'infarctus du cadre et se voit conseiller par le médecin une vie plus calme. Il émigre sous le soleil de Provence et fait la rencontre d'un généraliste pas comme les autres : le docteur Jean-Marc La Piana.

Jean-Marc a ouvert son cabinet du cours Mirabeau depuis peu et, très vite, la conversation dérive de la santé du prêtre vers des sujets de préoccupation commune...

L'aumônier des artistes a en effet très tôt découvert, dans les milieux de la danse en particulier, les ravages du sida. Cela le rapproche de Jean-Marc, qui est l'un des rares médecins « installés » à ne pas se contenter des revenus confortables d'une clientèle aisée. Je lui demande si la foi ne les sépare pas et Eugène balaie l'objection d'un geste définitif : « Nous croyons tous les deux en l'homme et cela suffit. »

À la fin de cette première rencontre — Eugène ne l'oubliera jamais — Jean-Marc lui dit : « Un jour, nous ferons quelque chose. Et ce jour-là, j'aurai besoin de vous... » Il s'est passé encore sept ans avant que le projet de la Maison ne démarre, mais je comprends qu'Eugène, homme de Dieu qui croit en l'homme, ait entendu alors une espèce d'appel.

Les années passent à Aix. Il s'engage dans l'association Aides, au service téléphonique Sida Info Services ; la seule contrainte qui lui est imposée est de ne pas révéler sa qualité de prêtre et cela ne le dérange pas. Un soir de grand froid, il parle à un homme qui l'appelle depuis une cabine téléphonique du côté de Gap. Il demande à l'homme de lui décrire où il est installé et, peu à peu, se dessine dans son esprit l'image de cette cabine isolée, au cœur de cette nuit où il commence à geler, avec cet homme qui s'accroupit lentement et qui, pourtant, tient encore à la vie par sa voix. C'est une expérience profonde — et si l'on a sa foi on peut croire que c'est Jésus qu'il a rencontré cette nuit-là.

Je lui demande pourquoi l'aide aux malades du sida, dans ces années de honte, lui paraît évidente, naturelle, et il me rappelle la tuberculose de ses parents : « C'était la même chose, dit-il, les mêmes précautions à prendre, la même crainte autour de la maladie et le même silence ; quand notre père était malade, notre mère nous demandait de ne jamais *nommer* cette maladie à l'école. »

Et puis il y a les malades eux-mêmes, « de jeunes hommes dont je me sens plus proche que des gens de mon âge » (il doit avoir soixante-dix ans aujourd'hui). Ils sont plus libres, plus irrespectueux, moins soumis... Leur recherche ne s'embarrasse pas de conventions et de convenances, elle est parfois désespérée, toujours sincère, même si elle manque terriblement de repères, même si elle ne débouche souvent que sur la colère de l'impuissance. Les mots qui sont prononcés ne sont pas toujours dans la Bible, mais il lui semble toujours, avec eux, être en situation d'incarner cette capacité d'amour qui est don de Dieu, marque d'homme.

Il se souvient d'un patient de la Maison dont une peinture représentait pour lui ce « serviteur » imprégné de souffrance évoqué par Isaïe. Ignorant de la Bible, le patient l'interroge sur ce texte et Eugène lui envoie le passage. Peu de temps après, le patient l'appelle : il a été touché par les paroles du prophète, mais il ne comprend pas ce « Iahvé » dont il est souvent question. « Quand je mourrai, demande-t-il à Eugène, peux-tu lire le passage en remplaçant "Iahvé" par "Grand Manitou" ? Eugène s'est exécuté sans un instant d'hésitation. *Dans un amour éternel j'ai eu pitié de toi, dit le Grand Manitou, ton rédempteur...*

Comme son regard est brillant et jeune quand il évoque ce souvenir — et jeune encore quand il dit qu'il lui arrive de pleurer dans la salle de présentation et qu'alors il sent toujours une main qui se pose sur son épaule — celle de Chantal, celle de Jean-Marc ou d'un autre.

J'évoque avec un peu de malice le souvenir de ce patient très religieux qui, dans les derniers stades de sa maladie, répétait à Mireille : « Ça ne tient pas. » Eugène sourit : « Mireille entend souvent ceux qui vont mal et moi ceux qui vont bien... » Puis, après un moment de réflexion : « Et ce sont souvent les mêmes. C'est une question de temps... » *Un temps pour pleurer et un temps pour rire ; un temps pour gémir et un temps pour danser...*

Quand Eugène a marié Bernard et Valérie (l'un des deux mariages qui ont eu lieu à la Maison), Jean-Marc s'est gentiment moqué de lui : « Eugène, c'est plutôt un spécialiste des sépultures... » Ce mariage reste pourtant pour lui, comme pour tous ceux de la Maison, un souvenir d'une très grande richesse.

*

Sur la photo, Bernard est magnifique, un visage d'une grande noblesse — c'est une beauté de mourant car il a perdu plus de trente kilos dans la fin de sa maladie, une beauté qui taille le visage comme le ciseau taille la pierre, beauté qui ronge et qui détruit mais brille quelque temps d'une lumière inquiétante.

La Maison est ouverte depuis bientôt un an. Pour les fondateurs comme pour les premiers qui ont rejoint le groupe, c'est une année dont ils se souviennent avec un mélange d'éblouissement nostalgique et terrifié. Il y a tellement d'attente de la part des malades (qui sont parfois des amis, en tout cas des visages connus de « la vie d'avant »), tellement d'envie de donner, que les « garde-fous » traditionnels ne tiennent pas : il n'y a pas d'horaires de travail, pas de frontière affective, les chagrins et les deuils sont vécus à fond, sans aucune retenue... C'est comme le début d'une passion amoureuse. Ce désir forcené de fusionner, de se noyer en l'autre, cette douleur d'y parvenir avec cette intensité et cette certitude d'être toujours — presque toujours — séparés.

Quand Bernard exprime son désir d'être marié avec Valérie, sa compagne de galère, toute la Maison ou presque vit ce projet avec enthousiasme et le porte, peut-être plus fort que Bernard et Valérie n'auraient pu le faire seuls : ce ne sera pas une cérémonie à la sauvette, ce sera un vrai mariage et en même temps une grande fête, celle du premier anniversaire de la Maison.

« Voilà, Eugène, lui avait dit Bernard, je m'en vais et j'en suis bien conscient. Je ne veux pas laisser une compagne, je veux laisser une épouse. Alors est-ce que tu veux nous marier ?

— Dis-moi s'il peut y avoir des empêchements. »

Le seul est que Bernard n'a pas été baptisé. En trois jours, Eugène lève les obstacles administratifs et commence ce dont il se souvient comme d'une belle, une vraie préparation au mariage, parlant tranquillement avec l'un et l'autre de ce que l'événement représente pour eux.

Le jour de la cérémonie, le maire de Gardanne, M. Méi, se moque gentiment de lui en désignant sa Bible : « Vous avez un sacrément gros livre pour faire votre travail, monsieur le Curé. Moi, ajoute-t-il en montrant son Code civil, je ne trouve pas beaucoup d'inspiration là-dedans. »

Eugène pense sans doute aux paroles de Jean-Marc et ressent bien ce que tous ressentent : même si ce moment doit n'être qu'une bulle dans le temps, qu'elle soit une belle bulle, brillant de couleurs arc-en-ciel, promesse de fête — « éternité dans une heure, infini dans le creux de la main ».

Valérie, dans sa robe blanche, a les larmes aux yeux et Bernard est sérieux et digne. Le Maire s'empêtre un peu dans ses discours (« Bien sûr, il m'est difficile de vous souhaiter une longue vie et de nombreux enfants... »), mais sa sincérité et son émotion sont si réelles que toute gêne disparaît. Eugène fait son sermon. « C'est un grand jour aujourd'hui pour vous deux, mais aussi pour la Maison, qui est un lieu où plus souvent la souffrance et l'angoisse ne laissent pas de place à la joie... »

On chante Maxime Le Forestier : « Ce soir à la brune, nous irons ma brune... »

À la fin du mariage, un bruit caractéristique fait taire l'assistance et monter sur le visage de Bernard un sourire de surprise et de bonheur : c'est le sabot d'un cheval qui résonne sur la terrasse.

Avant que la maladie ne les attrape, et après des années d'errance, Bernard et Valérie étaient les gardiens d'un château ; ils vivaient au milieu des animaux et des chevaux. Pour leur mariage, des amis en ont fait venir un.

Pour tous les assistants c'est un moment de beauté (d'innocence, dit Eugène, qui va caresser la tête du cheval), de simplicité.

Dans la fête qui suit, des choses de la vie, des malaises de la vie se glissent, comme pour montrer que ce mariage c'est *aussi* la vie.

La famille de Bernard n'est pas heureuse de la cérémonie, il y a de la rancœur contre Valérie, rendue en partie responsable, par son parcours chaotique, de la dérive de Bernard — elle ne comprend pas le sens de ce moment et ne le partage pas avec les autres. Mireille se souvient de cette étrangeté : tandis que l'on rit et que l'on fait la fête à l'intérieur, la famille de Bernard reste groupée sur la terrasse, le visage fermé — comme si ce mariage était le début d'un enterrement.

Bernard est mort deux semaines après son mariage. Valérie est toujours vivante — elle a même figuré dans le film où l'épisode réel a inspiré une longue séquence.

Le tournage est tombé le jour anniversaire de la mort de Bernard.

Heureusement pour elle, Valérie ne jouait pas le rôle de la mariée. Mais elle était habillée en blanc.

*

« Chaque fois que je suis dans la merde, tu arrives. » C'est ce qu'a dit à Eugène un malade qu'il a retrouvé à la Maison après l'avoir rencontré au service d'hématologie de l'hôpital d'Aix. « Ça montre la place qu'il m'offre et qui est une place de choix, d'être à côté de lui quand il est heureux et quand il souffre. »

Avec Eugène, les sacrements se dégagent de leur enveloppe institutionnelle et retrouvent le sens d'un sacré qui est, en profondeur, une relation à l'homme. C'est le mariage de Bernard, c'est le baptême d'Olivier, qu'il a pratiqué ici, dans la chambre 6 (comme il avait préparé Bernard et Valérie à la 9). Ce sont les enfants sidéens dont il est le parrain.

Un matin, il y a quelques semaines, Eugène a reçu un coup de téléphone de la Maison. Bertrand — l'un des patients qui ont voulu jouer dans le film — avait demandé un prêtre, « et si c'est Eugène, c'est mieux ». Quand Eugène est arrivé, Bertrand lui a dit : « Tu vois, je sens que je m'en vais, je vais te montrer les cartes postales que Dutronc m'a envoyées. » « J'ai pu voir, dit avec discrétion Eugène, que Dutronc n'est pas un dilettante quand il écrit à quelqu'un qui va mourir. » Une fois qu'Eugène a été proche de lui, Bertrand lui a dit : « Il y a trois choses : d'abord on va mettre de l'ordre dans mon existence. Ensuite tu vas me dire comment c'est après. Et puis troisièmement s'il y a des choses à faire, des prières, des gestes, tu les fais, je suis demandeur. »

La « mise en ordre » de Bertrand se fait en peu de mots, il dit ce qu'a été son existence, ce qu'il regrette. « J'ai appris, commente Eugène, avec les gens atteints par le sida à ne pas trop revenir sur un passé qui est toujours douloureux... »

Je demande à Eugène quels mots il va chercher et il me cite les quatrains d'une carmélite de Montpellier (« pour rester dans la région ») : « Je sais qu'un amour m'attend, un amour qui sera comme le vent, on ne sait pas d'où il est, d'où il vient, mais c'est un amour qui m'attend. »

*

Je ne sais pas — tout au fond de mon cœur — quelle sorte d'amour attend Bertrand ni, comme le dit encore le quatrain, s'il n'est pas nécessaire de pleurer grâce à cet amour.

Mais je sais, en plongeant les yeux dans le regard d'Eugène, qu'un amour est là.

Clémence

Je rencontre Clémence dans la salle à manger. Sa voix est jeune et chantante tandis que son mari Jean distribue à tous des clémentines et des verres de champagne. La raison ? Voici Jean et Clémence grands-parents pour la deuxième fois et la petite s'appelle Clémentine.

Je revois Clémence le lendemain à l'heure du repas. Elle fait rire les infirmières et les soignants autour d'elle en leur dévoilant les petits noms qu'elle distribue à tout le personnel : Jean-Marc est le grand sachem, Jean-Michel le grand vizir, etc.

Je vais lui rendre visite dans sa chambre, un soir. Elle m'interroge sur le livre, me parle de la Maison (« ici, c'est de l'humain dans l'humain », répète-t-elle plusieurs fois), me raconte le plaisir de chanter dans la chorale de son village, ce grand voyage qu'ils ont fait en Italie, une fois, pour chanter dans un festival de chorales — et ils étaient, pauvre petite chorale de village, avec leurs chansons simples, sans une belle tenue, l'estomac vide après quinze heures de car, face à la salle qui avait vu défiler des ensembles bien plus professionnels. Mais le public leur a fait un triomphe et l'amitié avec les Italiens est née cette nuit-là, dans le chant et la fête. « Ce sont de bons chanteurs, dit Clémence avec un sourire espiègle, mais ce sont aussi de sacrés déconneurs. »

Dans la lumière douce de la chambre elle me dit : « Vous savez, je sens qu'il y a quelque chose qui se ressemble entre ma petite chorale et cette Maison — quelque chose, je ne sais pas quoi. »

Puis elle m'interroge :

« Audouard, c'est votre nom ?

— Oui.

— Il n'y a pas déjà un Audouard écrivain ?

— Oui, c'est mon père.

— Quand vous le verrez, dites-lui que je l'embrasse.

— Vous le connaissez ?

— Non, mais dites-lui quand même que je l'embrasse. »

Clémence doit rentrer chez elle le lendemain et elle ne sait pas si elle est contente ou pas contente. Contente d'être chez elle avec son mari, de retrouver ses enfants et petits-enfants — mais contente aussi d'être ici, dans cette tendresse partagée. « Vous viendrez me voir, dit-elle à chacun, vous boirez le café ou le rosé. »

(Plus tard dans la nuit je demande à Michelle, l'infirmière, où en est la maladie de Clémence et elle ouvre grand ses yeux où sommeille toujours un étonnement attentif devant le monde. « Elle va mieux maintenant, dit-elle seulement. Mais sa tumeur est là, voilà... »)

J'embrasse Clémence et je lui éteins sa lumière. Disparaissent dans l'ombre son lit, le tableau aux couleurs vives de la carrière de Roussillon, la photo d'un petit garçon qui a le même sourire coquin qu'elle.

*

Le lendemain matin, vers sept heures, Michelle m'apprend que Clémence n'a pas été bien ; elle a vomi plusieurs fois et elle ne parvenait plus à garder aucun médicament. À quatre heures du matin, elle demandait de sa voix douce et chantante qu'on appelle son « papou » (c'est ainsi qu'elle appelle Jean, son mari) et Michelle a dû lui dire que peut-être on n'allait pas réveiller son papou en pleine nuit, peut-être ce n'était pas une bonne idée. Clémence disait oui oui, mais ensuite elle répétait qu'il fallait appeler son papou.

Les larmes me montent aux yeux à ce nom de « papou » en même temps qu'une espèce de culpabilité me traverse le ventre. Je me tais, je ravale. Je demande à Michelle :

« Qu'est-ce que tu as fait ?

— Je lui ai dit qu'on allait appeler notre "papou" à nous, Jean-Marc.

— Et maintenant ?

— Elle dort. »

Alessandro, l'aide-soignant qui a fait la nuit avec Michelle, entre dans la salle de soins.

« Tu sais, me dit-il en s'asseyant, elle était très contente après votre conversation hier soir. Elle m'a dit qu'elle se sentait heureuse et très légère. De quoi vous avez parlé ?

— De chorales. »

*

Clémence a finalement pu repartir chez elle, pour quelques journées qui n'ont pas été très paisibles. Après un séjour à l'hôpital, elle a dû revenir à la Maison très vite, trop vite. « On était tous contents de la revoir, dit Sylviane, chacun de nous lui avait fait une petite attention, un petit bouquet de fleurs. Quand elle est descendue à table, elle nous a dit : "Je voulais vous dire que je vous aime tous et que vous m'avez beaucoup manqué et qu'on mange bien ici et que je suis contente d'être là." »

Malgré sa gentillesse, malgré tout l'amour de « papou », malgré l'attention et la douceur qui l'entouraient, la lumière se retirait d'elle à toute allure.

Quand je l'ai revue, elle était allongée dans la salle de présentation. Soleil couchant au matin.

Plus tard, j'ai embrassé mon père de la part d'une très jeune vieille dame qui ne le connaissait pas et qui déjà n'était plus là.

L'exilé

Il arrive de nulle part, comme un exilé qui se serait égaré et serait entré dans la Maison par hasard. Il a les mains vides et sur le visage une désolation sans larmes et sans mots. Il n'a pas de valise, pas de sac ; il ne parle pas. Il exprime une solitude intérieure si profonde, si intense, que la chambre en est en quelque sorte baignée.

Quand Claudine prend son service de nuit, c'est ainsi qu'elle le voit : posé tout habillé sur son lit. Ce n'est pas seulement la fragilité d'un corps malade qui ne pèse plus rien — ou si peu... C'est la qualité d'absence d'un homme devenu objet, qui ne choisit rien, qui est là plutôt qu'ailleurs non par choix mais par hasard et qui, à force d'être déplacé, disparaîtra bientôt.

Claudine part lui chercher un pyjama, au moins un tee-shirt... Mais quand elle revient devant lui avec les vêtements, il lui paraît impossible de toucher cet homme — dans son état cela lui semblerait une violence inacceptable. Alors, elle pose simplement une couverture sur lui, pour qu'il n'ait pas froid.

Par bribes, au fil des jours, et bien qu'il ne parle toujours pas, il devient possible de reconstituer quelques fragments de l'énigme de cet homme. L'équipe remonte la filière de l'hôpital de Nice, d'où il vient, et qui l'a adressé à la Maison pour se libérer de ce malade inconnu, malade du sida, maghrébin, sans papiers et coûteux... Une soignante retrouve dans sa poche un téléphone : c'est celui de l'homme avec qui il a partagé un appartement. On le contacte, il donne le nom de l'exilé : Nouredine.

Nouredine ne dit toujours rien. Il est impossible de deviner s'il comprend même le français. Et pourtant Claudine sent chez cet homme une présence, une lumière particulières. C'est son sourire, c'est son regard même : c'est l'être tel qu'il se devine quand il n'exprime rien d'autre que lui-même. C'est ce qui reste à l'extrême limite des gestes, dans le silence où Claudine fait parfois passer les harmonies d'une musique arabe.

L'équipe devine chez Nouredine une certaine réceptivité à l'humanité qui l'accueille et l'entoure. Cela ne se manifeste pas par des mots, par une reconnaissance démonstrative en quoi que ce soit. C'est ténu, délicat. Cela reste toujours extraordinairement dépouillé dans l'expression, c'est la nudité de l'être dans ce qu'il y a de plus touchant.

Dès que l'adresse d'une partie de sa famille, qui réside à Marseille, a été retrouvée, Jean-Marc et Chantal ont entrepris des démarches pour entrer en contact avec le père de Nouredine, qui habite quelque part dans un village du Sud tunisien. Démarches administratives, délai de communication... il faut plusieurs semaines pour que le père arrive finalement à Gardanne.

Le père ressemble à un vieil instituteur arabe, avec sa casquette et son costume gris. Il porte des fers à ses chaussures et partout où il passe dans la Maison on entend ce « clic clic » de son pas. Il est digne et beau.

En voyant son père, Nouredine se met à parler. Il parle pendant deux heures, on ne peut plus l'arrêter. Il lui raconte des morceaux de sa vie et aussi qu'il est bien, là, à la Maison, qu'il s'y sent accueilli et pris en charge.

Des moments de sa vie resurgissent, comme de vieilles photos, des lettres perdues au fond des poches. Il a été marié à une femme et c'était un beau couple. Elle est tombée malade du sida, comme lui. Et elle est morte avant lui.

Le père de Nouredine reste un mois avec lui.

Et le lendemain de son départ, Nouredine commence sa dernière nuit.

*

Claudine est à ses côtés. Elle lui passe de ses cassettes de musiques arabes qui évoquent pour elle si fortement l'âme de Nouredine. Elle l'accompagne toute la nuit. Et le lendemain, elle écrit à sa famille.

« Tu vois partir quelqu'un, la nuit, et c'est impressionnant de voir ce souffle qui s'en va... Mais en même temps — ça peut paraître étrange — je faisais exister tout l'environnement de sa famille à l'intérieur de ma conscience. C'était comme si dans mon cœur s'était ouvert un espace qui dialoguait avec un espace de son cœur à lui et où sa famille pouvait entrer et l'envelopper. Ce n'était pas moi : c'était sa famille. Ça ne pouvait pas être *moi* : blanche, femme, non musulmane... C'était au-delà de ça : humain, simplement. Et c'est pour cette raison que je leur avais écrit : pour témoigner, pour qu'ils sachent. Je leur ai écrit que Nouredine avait pris une place importante au sein de l'équipe, je leur ai écrit la qualité d'être qu'il nous avait fait ressentir, pour leur restituer cet être-là, si beau, si intègre. »

Après son décès, sa famille fait à Nouredine la toilette musulmane avant d'organiser le rapatriement de son corps vers la Tunisie, vers chez lui. Chantal demande à un oncle de la famille s'il l'autorise à y assister. Il la regarde :

« Pour être là, il faut avoir du cœur. Est-ce que tu as du cœur ?

— J'espère.

— Viens. »

*

Quelques mois plus tard, Jean-Marc part en vacances en Tunisie et se trouve dans le Sud, à Nefta, aux portes du désert. Il discute avec des jeunes dans un bar et, dans la conversation, leur dit qu'il s'occupe du sida, leur demande si c'est une maladie connue dans la région. Un jeune dit : il y a une femme qui est morte du sida en France, et son mari aussi, peu de temps après, il a été enterré ici. « Comment s'appelait-il ? » demande Jean-Marc. « Nouredine. »

Les jeunes gens ont emmené Jean-Marc auprès de la famille de Nouredine ; il a revu le vieil instituteur arabe, avec sa casquette et son costume. Il a bu le thé, accepté les remerciements qui n'en finissaient pas. Et puis il a appelé la Maison pour partager le moment avec eux.

L'exilé, au bout du chemin, avait trouvé sa maison et sa terre.

Recommencer

Jacqueline voit Fabrice pour la première fois au moment où il est sur le point de quitter la Maison, remis sur pied. Le repas de midi vient de se terminer, ils prennent le café et Jacqueline l'entend évoquer son futur. Soudain, Fabrice a une phrase qui la touche au fond du cœur : « Maintenant que je m'en suis sorti, il faut quand même aussi que je change ma façon de parler. » Elle y trouve un élan de vie magnifique. « Il fallait qu'il ne rate rien, là, c'était l'urgence. Il était sorti de la mort et c'était comme si on effaçait tout et on recommençait. Et je trouvais que c'était une capacité très belle — avec sa maladie, son passé lourd... Tout recommencer à zéro. »

En se renseignant à la Maison, Jacqueline apprend le parcours de Fabrice — tox, sida, tentative de suicide... Elle décide de ne plus le lâcher. On est un mercredi et, alors qu'ils ne se connaissent pas, elle lui promet de venir lui rendre visite le samedi suivant, à deux heures, chez lui, à Avignon.

Le samedi, légèrement retardée par les encombrements, elle est à sa porte mais ne le trouve pas. Elle repart après lui avoir laissé un mot — elle signe Jacqueline « la rousse » (elle n'est pas sûre qu'il se souvienne de son prénom et il y a une autre Jacqueline chez les bénévoles). Sur le moment, Fabrice n'ouvre même pas l'enveloppe.

Il vient à la Maison, voit Chantal, lui dit qu'il en a été ému au point de se dire que ce n'était pas pour lui, il n'était pas quelqu'un qui méritait qu'on lui écrive... Et il n'ouvre toujours pas la lettre.

Malgré cela Jacqueline insiste et réussit finalement à le revoir.

Cela fait cinq ans maintenant.

*

Fabrice a connu d'autres galères, il a refait de la prison, il a traversé de nouvelles épreuves physiques et mentales.

Mais il est toujours en vie et il voit toujours Jacqueline — et aussi Yolande.

Sa phrase, il ne l'a pas lancée en l'air. Elle ne lui a pas vraiment permis de « recommencer à zéro », comme il en avait le projet, parce que la vie ne peut pas être une ardoise qu'on efface. Il donne de ses nouvelles quand il refait surface, quand il va bien ; il se cache quand il replonge. « Mais il avance, dit Jacqueline — trois pas en avant, un pas en arrière. Et avec moi, au moins, il a une autre façon de parler. »

*

« Ce que j'ai appris, dit-elle finalement, c'est que j'avais envie d'être de plus en plus délicate avec les gens. »

Une reine

Il est une étrange reine au cœur de la Maison, une reine immobile au sourire énigmatique. Anne-Marie règne sur la chambre 10 et ceux qui y entrent sont ses obéissants sujets.

C'est dans cette chambre que Jean-Marc m'a fait entrer en dernier. Plus tard, les gens de l'équipe m'ont demandé ce que j'avais vu dans la chambre et j'étais incapable de répondre autre chose que ceci : un regard.

Anne-Marie regarde, observe, scrute avec une intensité unique. Jean-Marc lui dit que j'écris un livre sur la Maison et elle tourne ses yeux vers moi. Son sourire défait le mien, il me semble descendre profondément en moi et y mettre à nu des sentiments troubles, informulés.

« Tu es au courant du livre ? demande Jean-Marc.

— Pas au courant », articule péniblement Anne-Marie.

Anne-Marie est arrivée il y a trois ans à la

Maison, atteinte d'une sclérose latérale amyotrophique qui la laissait alors relativement autonome : certains gestes étaient encore possibles, le langage était articulé. La relation qu'elle établit alors avec beaucoup de membres de l'équipe est très riche : sa personnalité est complexe, profonde, elle est faite de tendresse et de colères, elle est exigeante et attachante. Certains la tutoient, comme Bri, qui décrit avec elle une sorte de camaraderie où elle n'hésitera pas à la rudoyer ; d'autres continuent à la vouvoyer (ici, le tutoiement est presque automatique) et l'on sent que la distance établie ne l'a pas été par eux mais par elle.

Rien ne mesure mieux l'évolution d'Anne-Marie que le travail qu'elle fait avec Aline.

Aline est une jeune femme aux cheveux gris, dont le regard toujours étonné se refuse à quitter l'enfance. Ses yeux sont mobiles et son expression sérieuse n'est qu'un sourire qui se retient. Elle vient à la Maison une fois par semaine pour proposer aux résidants qui le désirent une sorte d'atelier en chambre : le dessin, la peinture, le collage sont l'occasion d'une ouverture, d'un dialogue qui libère l'esprit comme le bain libère le corps.

Anne-Marie a connu avec Aline une véritable naissance artistique, une éclosion dont la richesse a dû la nourrir en profondeur. Elle s'est mise à dessiner, à peindre, à exprimer les moments et les tourments de sa vie. Comme d'autres ici écrivent (mais je crois qu'Anne-Marie a écrit aussi), elle dessine ; elle manie l'humour, la poésie, la méditation intérieure.

Avec le temps, inéluctablement, selon ses rythmes mystérieux, incompréhensibles, la maladie a fait son chemin. Anne-Marie a perdu progressivement toute autonomie dans ses gestes, ses bras sont retombés le long de son corps, ses doigts se sont engourdis, la parole s'est retirée à l'intérieur d'elle.

Mais Aline continue de venir travailler avec elle le mercredi après-midi. Elles déterminent ensemble des thèmes de collage et Aline propose à Anne-Marie, un par un, les éléments d'une composition qu'elle place pour elle, arrangeant le tableau d'une humeur, d'une saison, d'un sentiment.

J'imagine qu'après pareille séance Aline doit être passablement épuisée. C'est sans doute le cas mais ce n'est pas cela qu'elle retient : ce dialogue entre elles, cet esprit qui continue à vivre libre et à laisser sa trace à travers le prolongement d'une main amie.

*

Anne-Marie s'accroche à la parole. Les mots ne sont plus maintenant qu'un filet qui jaillit à la commissure de ses lèvres, une sorte de gargouillis qui se mélange avec la salive ; les mots sont crachés plus que dits, ils sont des bulles qui éclosent à la surface des lèvres.

Passe encore pour les instructions ordinaires du soin et de la toilette. Même s'il lui est parfois difficile d'obtenir ce qu'elle veut *exactement* (par exemple la juste position des coussins dans son dos, au moment du coucher), Anne-Marie se fait en général bien comprendre des soignants.

Mais elle veut également mener des conversations plus personnelles, plus riches, et c'est alors pour son interlocuteur un exercice de communication particulier. Comprendre Anne-Marie, ce n'est pas seulement reconstituer un mot par une sonorité, c'est mener une sorte d'enquête où des indices peuvent se trouver dans une expression du visage ou des yeux, dans un souvenir partagé, un incident de la journée, une image ou un objet présents dans la chambre. Comprendre Anne-Marie c'est parfois ici se comprendre soi-même, laisser tomber un blocage et s'ouvrir sans craindre de chuter, impuissant, et de devoir avouer : « Je suis désolé, je ne comprends pas. Il va falloir recommencer. »

C'est sur ce mode qu'Anne-Marie évoque avec Mireille l'évolution de ses sentiments complexes à l'égard de sa famille. Ce n'est jamais facile, à quarante ans, de redevenir l'enfant de ses parents. C'est comme une adolescence qui recommencerait, pleine des mêmes cris et des mêmes fureurs, des mêmes révoltes. La maladie renvoie un écho cruel de cet étouffement extérieur dont elle garde le souvenir dans sa chair et dont le hurlement silencieux s'écoule au bord de ses lèvres.

Alors le temps n'existe plus : rien n'a été fait, accompli, aucune rupture, aucun progrès. Anne-Marie tombe dans une de ces failles que Mireille repère si souvent dans la vie et où nous nous perdons, nous défaisons de nos enveloppes.

Plus l'immobilité physique d'Anne-Marie grandit, plus elle est secouée par des mouvements intérieurs violents, dont elle souhaiterait des prolongements extérieurs visibles, peut-être radicaux. Mireille ressent cette violence, l'accepte, avant d'essayer d'indiquer à Anne-Marie des voies peut-être moins extrêmes pour « solder ses comptes » ou tout du moins vivre avec.

Anne-Marie refuse, jusqu'à présent, toute aide technique à l'expression orale — à commencer par l'ordinateur à commande visuelle qu'ont utilisé efficacement certains résidants atteints de la même maladie qu'elle.

Anne-Marie n'est pas nécessairement gentille. Elle apprécie les soignants qu'elle connaît depuis longtemps, à cause de la familiarité qu'elle a avec eux et aussi, tout simplement, parce qu'ils la connaissent « par cœur » et savent souvent deviner son besoin sans qu'elle ait à faire l'effort de l'exprimer.

Avec un soignant qui ne la comprend pas parfaitement, elle peut devenir injuste. Alessandro, le dernier aide-soignant entré à la Maison, en sait quelque chose. Elle ne lui a pas laissé beaucoup de temps d'adaptation avant de décréter qu'il n'était pas apte à s'occuper d'elle. Après quelques semaines de révolte, Alessandro s'est résigné et c'est avec le sourire qu'il raconte son dernier dialogue avec elle :

« Vous voulez que je vous fasse votre toilette ? »

Non de la tête.

« Vous voulez que quelqu'un d'autre la fasse ? »

Oui de la tête.

Il n'est jamais facile de repousser le sentiment d'injustice, d'absurdité, de cruauté particulière qui s'empare de nous devant la proximité de la mort. À cause de sa « longévité » particulière, à cause du lien intime qui s'est établi avec elle, chacun ici a peur d'évoquer le départ d'Anne-Marie. Sa maladie est l'une des plus terribles qui soient et elle envoie les soignants dans une impasse. Peut-on souhaiter la mort de qui s'accroche à la vie avec tant de force ? Peut-on souhaiter le prolongement d'une vie si difficile et dont l'issue est si terrible ? Peu importe au fond. Il n'y a rien à souhaiter, ici encore il faut suspendre, faire les gestes justes un par un, jour après jour.

*

Nadia rêve parfois qu'un homme prend Anne-Marie dans ses bras.

*

C'est le milieu de la nuit, une nuit calme où l'on peut s'asseoir et parler, reculer les murs du temps.

Le bip retentit. « Chambre 10 », annonce Alessandro qui se lève. « Laisse, dit Michelle, j'y vais. »

Alessandro a un air d'enfant désolé de ne pouvoir faire mieux. Que veut Anne-Marie ? Se retourner, déplacer encore les coussins ?

Au milieu de la nuit — et pour toujours — flotte son sourire de reine.

Martine

Martine a un œil fermé et l'autre est ouvert sur Jean-Marc, sur le monde, sur le vide, terrifié.

Sa bouche ne s'ouvre qu'à peine, comme si ses lèvres étaient collées, pour laisser passer quelques mots.

Sa mère, une petite dame sans bruit dont le sourire est posé en masque sur son visage, repose le bol de soupe à notre entrée et se retire au fond de la chambre, dans un coin, comme une ombre.

On ne distingue rien de la chambre — que cet œil de terreur, immobile, ne voyant pas ce que nous voyons, voyant ce que nous ne voyons pas. Dans un roman, on dirait qu'elle revient « de l'autre côté ».

Jean-Marc pose les questions et les réponses viennent mourir, épuisées, au bord des lèvres de Martine.

Son œil se ferme.

*

Le lendemain matin, il y a quelque chose de fêlé dans les regards, une sorte de fragilité soudaine qui s'est installée au cœur de chaque être, et qui fait que chaque mot, chaque geste, chaque regard doit être empreint d'une délicatesse infinie. Tout peut blesser : on porte des éclats de verre au bord des lèvres, au bout des doigts.

Marie, d'habitude si souriante, et dont le regard s'arrondit d'une surprise espiègle et assez tendre à ce que la vie offre, est debout dans le hall avec Fati. « C'est arrivé si vite, dit-elle, je ne comprends pas. » Cette incompréhension traverse son regard — et ce sentiment de brutalité, de violence inouïe. Si vite...

Martine avait eu des convulsions qui s'étaient calmées et elle venait de passer une nuit paisible. À la transmission entre l'équipe de nuit et celle de jour, Marie venait d'expliquer à Marion qu'il n'y avait rien à signaler. Il n'y avait pas de ces signes avant-coureurs qui, insensiblement, imprègnent l'esprit des soignants quand il est question d'un patient « qui n'est pas bien ».

Puis, à huit heures et demie, la maman de Martine est sortie dans le couloir, elle a attrapé Héléna, l'agente de service, et lui a dit : « Venez. Je crois qu'elle est en train de partir. » Héléna s'est mise à côté de Martine et lui a pris la main. Elle l'a vue partir en quelques minutes et tout ce temps-là elle pensait aux blagues qu'elles se racontaient — la dernière de la veille : « Qu'est-ce que fait une blonde quand elle voit une peau de banane ? — Elle dit : Zut, je vais encore tomber. » Elle riait, la blonde Martine, en faisant « Ouiche, ouiche ». Elle a glissé, tout doucement et si vite, sur la peau de cette banane.

Marie et Fati vont la préparer, la maquiller. Marion propose de prendre le relais de Marie, mais elle préfère assurer elle-même, accomplir ces gestes qui l'extirpent de cette stupéfaction où elle est encore plongée. « Si vite, répète-t-elle, si vite... »

Plus tard, je suis dans le couloir lorsqu'il faut emmener le corps de Martine vers la petite salle où les familles se recueillent, en suivant ou non un rituel religieux.

J'aperçois en un éclair son visage reposé, ses traits détendus. Nous faisons glisser son corps si léger et si lourd depuis le lit sur le chariot. Jean-Louis surveille que personne ne passe dans le hall, tandis que Krystoff fait de même aux abords de la salle à manger.

Marion et Chantal recouvrent d'un drap le corps de Martine et comme elle passe devant moi je pose une main sur elle, à un endroit de son corps, je ne sais pas lequel.

Je les suis jusqu'à la salle de présentation, où je n'entre pas. Quand elle revient, Marion me touche le bras au passage, sans dire un mot.

Dans son bureau, Chantal appelle les pompes funèbres : la famille a choisi l'incinération.

*

À sept heures ce matin, Martine a dit à sa mère qu'elle l'aimait.

Poupées

« Ce couple-là, dit Jacqueline, ils avaient des façons de dire je t'aime qui me bouleversaient. Elle, c'était plutôt la mère à Titi, comme dans la chanson de Renaud. Elle n'avait rien des critères de beauté qu'on peut avoir, le monsieur non plus, ils avaient une vie qui ne correspondait à rien de ce que je connaissais et pourtant c'était beau.

« À la Saint-Valentin elle avait reçu un bouquet par le fleuriste, et elle avait cru que c'était une farce ou une erreur. À aucun moment elle n'avait pensé que ça pouvait être un de ses proches. Quand elle a découvert que c'était lui, elle a fondu en larmes. »

Le rêve de cette dame est de se marier en blanc et comme ce n'est pas possible — elle a près de soixante ans — elle a tout prévu en bleu, jusqu'au bouquet, au diadème. Mais elle doit attendre parce que son fils est malade...

Elle a des bonheurs simples. Ils n'ont pas

beaucoup d'argent, mais elle est capable de tout pour satisfaire sa passion des poupées. Elle emmène Jacqueline chez elle et elle les lui montre, de belles poupées en plastique avec un habit coloré, logées dans des moitiés d'œufs de Pâques de couleur assortie. Elle et son compagnon se privent de manger pour avoir toute la série de ces poupées... Et une fois qu'elle les a, elle est dans une joie incroyable, une joie de petite fille.

« La beauté, dit Jacqueline, ne passe pas forcément à travers tes yeux, il y a d'autres personnes qui peuvent te la montrer. Ces poupées, elles m'ont émue. Parce qu'elle a su me les faire voir. »

Son fils est sorti, mais Jacqueline ne sait si, finalement, elle a pu se marier comme elle voulait, avec son diadème bleu.

Une mère

Son regard brûle avec la fixité de deux étoiles noires. Il est sur un point situé quelque part, au-delà. Quand mes yeux se posent sur lui, au milieu du vacarme familier du déjeuner, il a toujours l'air parfaitement immobile. On le dirait « absent » — plutôt entièrement absorbé. Je ne connais pas son prénom. Je dis « il » mais son corps recroquevillé sous la couverture a une menue fragilité de vieille dame. On sent qu'il serait facile de le porter.

Au moment du café je le cherche à nouveau des yeux ; il est parti. Je l'oublie.

*

Bri m'emmène rendre visite à Barbara, que j'avais vue lors de mon dernier séjour et dont l'intelligence et la beauté m'avaient frappé. « Elle ne va pas bien, dit Bri, elle veut sans arrêt sortir. » Alors qu'elle ne peut pas marcher, on la retrouve parfois debout dans sa chambre, perfusion arrachée, dans l'attente d'un départ qui ne vient pas. Cette nuit encore, elle s'est débrouillée pour glisser, dans une sorte de reptation furieuse, par l'extrémité de son lit.

Il passe encore dans son regard un peu de cette attention que j'avais remarquée, mais l'intelligence s'efface et laisse place à une inquiétude confuse et profonde. La voix est basse, presque inaudible, et son front se plisse en une masse impossible de rides d'où aucune énigme ne peut être résolue. Elle est plus pâle et plus maigre que jamais (ses jambes, tellement gonflées, sont complètement dissimulées sous les draps), ses cheveux sont gris et rares. L'impression générale est que tout se retire peu à peu. « Ça ne va pas là-dedans », chuchote-t-elle en pointant son index fin sur sa tempe.

Jean-Marc pense que sa souffrance est faite de la mémoire de toute sa souffrance ; on sent que cela se concentre à l'intérieur d'elle, que ce qui lui reste de lucidité ne sert qu'à l'approfondir, à la creuser jusqu'aux limites du tolérable.

Il y a un long moment de silence où Bri se contente de la regarder en souriant, sans rien dire. Elle se tait également, son visage tourné vers l'infirmière, tendu dirait-on par une interrogation qui ne trouve pas de mots.

« Nous allons peut-être vous laisser », dit finalement Bri, et Barbara a ce sourire fugace, si mince, presque absent, où passe l'ombre pâle de sa beauté passée.

Quand nous sortons de la chambre, Bri me dit simplement : « Viens, on va dire bonjour à Noël. »

Nous entrons ; je reconnais le regard noir, perdu, si lointain et si proche.

*

Noël est seul dans la chambre quand nous entrons mais très vite nous sommes rejoints par sa mère, Monique, et son beau-père, Jean.

Il y a bien quelques mots qui sortent de la bouche de Noël, des mots intelligibles mais qui semblent répondre à des demandes venues d'ailleurs ou bien qui correspondent plus ou moins aux questions posées, mais d'une façon légèrement décalée, comme par un humour dont on ne sait s'il est volontaire ou non.

Le téléphone sonne et Monique décroche ; c'est Georges, un ami de Monique, et sans doute aussi celui qui est le plus proche de Noël. Monique répond et, comme en écho, Noël également. Replié sous les draps, le regard perdu dans le vide, il parle de « Jo » (Georges) et répond « Oui, ça va bien » comme s'il devait souffler les réponses à Georges, à l'autre bout du fil.

Quand sa mère lui passe effectivement Georges, il devient plus confus, à la limite de l'intelligible. Plus tard il essaie de nous dire quelque chose. « Ça va être, ça va être », mais il ne finit pas la phrase. Il lui faut des rôles et des masques pour trouver une cohérence ; pour lui, il n'en est aucune qui l'intéresse assez pour qu'il s'y accroche.

Tandis qu'il s'endort, Monique et Jean me racontent son histoire et la leur, avec simplicité et franchise. (Au fur et à mesure qu'elle parle — parfois discrètement complétée par Jean — je ne me laisse pas formuler qu'elle me décrit une forme d'enfer, mais c'est pourtant cela. La silhouette et le visage de Monique sont jeunes, son sourire est brillant de larmes qui ne coulent pas — pas maintenant. Il y a une résolution qui est plus que digne — féroce — une résolution de vivre malgré tout.)

Noël a été un enfant turbulent, qui n'a pas accepté la séparation de ses parents, la rencontre de sa mère avec un autre homme (Jean) — qui très vite a décidé de vivre « ce qu'il voudra », sans travailler, sans autre guide qu'un mélange unique de sens du plaisir et de l'autodestruction.

Galère de la toxicomanie, galère de la séropositivité (mais depuis dix-sept ans qu'il l'est, il n'a pas développé la maladie), galère de l'alcoolisme...

Pendant vingt ans, Noël s'est consciencieusement détruit en essayant tout ce qu'il pouvait essayer, il a glissé le long des vitrines qui brillent, joué avec les lumières qui ne s'éteignent pas dans les fêtes qui dépassent le matin, il a usé des armes de sa séduction pour prendre, jouir, voler, avoir par tous les moyens.

À chaque fois qu'il a frisé une sorte d'équilibre (car avec sa grâce de funambule il s'attirait autant de mal que de bien, autant de salauds que d'anges), il a tout cassé lui-même.

À Saint-Tropez — où il s'est réfugié pour échapper à Marseille où, dit Monique, « il se trouve toujours des gens pour vous proposer de la drogue même si vous n'en voulez pas » — il s'est attaché une dame riche et généreuse, qu'il a entraînée dans une frénésie alcoolique de grand furieux — ils sont arrivés à Ibiza dans une Rolls blanche et il a finalement émergé à l'hôpital, entouré de deux sacs en plastique.

Il avait tout eu entre les mains et tout avait filé — et la milliardaire pour finir, effrayée de sa quête furieuse. « C'est son Graal », dit Jean avec un sourire triste.

Monique essaie à grand-peine de faire la distinction entre la culpabilité (dont elle dit s'être débarrassée) et la responsabilité (qu'elle dit ressentir). J'essaie de dire que la culpabilité serait au passé et la responsabilité au présent. « Non, insiste-t-elle, ma responsabilité est aussi par rapport au passé. » Elle ne peut s'empêcher de se demander, en essayant de ne pas se martyriser, quand elle a pu se tromper : quand elle l'a mis un an en pension parce qu'il était trop turbulent ? quand elle a rencontré Jean et que Noël, qui adore son beau-père, s'est rendu compte qu'il avait enfin un vrai « concurrent » dans l'affection de sa mère ? quand ils sont partis vivre en Afrique pour échapper à la spirale ? les questions restent, bien sûr, sans réponse.

Il y a quelques années encore, Noël disait : « Je ne peux pas mourir parce que maman n'y survivra pas. » Terrible façon d'exprimer qu'elle devait littéralement le suivre et que par une sorte de pacte du sang à sa mort devait répondre la sienne.

De la même façon, la vie de sa mère devait être accrochée à ses errances. « Appelez maman, voilà son téléphone », disait-il quand il était pris dans un vol, un ennui quelconque. Une façon de s'en sortir pour Monique a été de se rendre compte qu'elle pouvait arriver à un point de refus (de payer tout, de réparer tout) sans pour autant rompre le lien profond qui les unit.

Le rôle de Jean a été essentiel — et cette « autre vie » qu'ils mènent en Afrique, à Bangui. Peu à peu, Monique a compris que malgré tout, malgré le souhait prédictif de Noël, elle lui survivrait.

(Tout le temps qu'elle parle il semble dormir ; parfois ses paupières se soulèvent et retombent. Pas de gêne : il entend et il sait tout cela — et sans doute bien pire encore. Il entend la souffrance mais aussi l'amour.)

À l'heure où Noël va mourir — bientôt — il vit mieux, un peu mieux. Il continue à avoir de furieuses envies de femme enceinte. De la même façon qu'il aimait les belles fringues (il a fait les soldes à Paris en janvier), il se décrète une passion pour la glace, puis les oranges — et là il lui en faut trois kilos par jour.

Au moment où je sors de la chambre, je me souviens d'une phrase que j'ai lue dans le livre de la Maison, une phrase de mère : « Je voudrais vous dire de ne jamais attendre des instants douloureux pour essayer de dialoguer, de pardonner et surtout d'aimer vos enfants malgré tout. »

*

Le lendemain matin, j'entre dans le bureau de Karine en même temps que Monique, suivie de Jean. Je me suis couché tard et je ne suis pas très réveillé. « Ça va ? »

C'est la question qu'on ne pose pas à la Maison — en tout cas, ni aux familles ni aux patients. Jusqu'à présent elle m'était plusieurs fois restée au bord des lèvres sans que je la laisse franchir. « Ça ne va pas très bien, dit Monique. Mon fils est mort cette nuit. »

Je ne dis rien pour rattraper mon idiotie — simplement je l'embrasse, et Jean également.

*

Un peu plus tard dans la matinée, Georges arrive. C'est l'ami de Noël qui a téléphoné hier, lorsque nous parlions dans sa chambre. Il porte une chemise provençale et un foulard Calvin Klein dont les initiales lui entourent le cou et lui tombent sur les épaules.

Georges s'isole avec Monique et Jean, puis il vient me chercher. Tout ce qu'il dit est délicat et retenu.

Georges a rencontré Monique il y a une dizaine d'années, quand il est entré à Aides. C'est Monique qui faisait les entretiens et il lui a raconté tout de suite, simplement, pourquoi il était là : son compagnon décédé du sida l'année d'avant, puis son associé dans le salon de coiffure.

Monique lui a parlé de Noël, bien sûr, mais tant que Noël est resté indépendant ils n'ont pas été particulièrement proches. C'est quand Noël a commencé à lâcher, quand les amis ont commencé à disparaître un par un que leur relation est née véritablement. À la fin il était le seul, le dernier.

Il le lui a reproché gentiment. La dernière fois que Georges a été voir Noël à Saint-Tropez, Noël l'a invité au restaurant vietnamien. « Tu sais, lui a-t-il dit à la fin du repas, c'est la première fois de ma vie que j'invite quelqu'un au restaurant. »

Il évoque les galères de Noël — celles dont Monique et Jean ont parlé, d'autres aussi... « Il avait voulu faire un voyage, prononcé le nom d'Istanbul. Sa mère le lui a offert comme cadeau de Noël. Et là-bas il a littéralement pété les plombs. Overdose. Il a été découvert par terre, dans la rue, et c'est le vice-consul français qui l'a pris en charge, avec une humanité extraordinaire. Dis son nom : M. Mataud. Il s'en est occupé comme son fils et c'est lui qui m'a tenu au courant, lui qui s'est occupé du rapatriement — il est arrivé en ambulance à Saint-Tropez. »

Banalement, je demande à Georges s'il se sentait comme un frère pour Noël. « Il ne disait pas frère, mais père. Je lui disais merci, on n'a quand même que dix ou douze ans d'écart ! Mais à l'hôpital, il disait à tout le monde : c'est mon père adoptif. Son père biologique il m'en parlait beaucoup et chaque fois qu'il m'en parlait, il pleurait. »

Un jour, au plus fort de la maladie, le père de Noël appelle. Georges lui demande de venir voir son fils. « Vous vous préparez des regrets. »

Mais le père ne vient pas — il vivra avec ses regrets.

Regrets...

Georges se souvient qu'un jour, dans un séminaire animé par Marie de Hennezel, elle leur a fait faire une sorte d'exercice. Il s'agissait d'écrire une lettre ultime qui exprimerait le regret qui resterait dans la vie si l'on devait mourir le lendemain... Georges a écrit son regret de ne jamais avoir parlé avec sa mère — de son homosexualité, de sa maladie, de l'amour qu'il avait vécu, de son veuvage. Des choses simples.

Marie demande de faire lire la lettre à un autre participant. Georges choisit une dame, « la seule dame qui était en âge d'être ma mère ». Elle lit la lettre et pleure. Elle dit à Georges : « Ne refusez pas cette grâce à votre mère. »

C'est ainsi que Georges, il y a quatre ans, a parlé pour la première fois à sa mère.

C'est ainsi qu'il a cessé de se cacher pour être malade, de se cacher pour mourir. Et de se cacher pour vivre.

*

C'est Zazia qui a fait la nuit, une nuit calme jusque vers une heure, lorsque Monique est arrivée en lui disant : « Ça ne va pas, il respire vite. » Elle a appelé Jean-Marc et ils se sont dit qu'il n'y avait rien de particulier à faire — c'était ainsi.

Monique est restée à côté de Noël qui respirait de plus en plus vite, des respirations rapprochées et précipitées.

Zazia s'est approchée du lit, elle a soulevé le drap. « J'ai su que c'était la fin, mais personne d'autre que moi ne le voyait. Pierre le soutenait, avec toute la douceur qu'il peut avoir. Mais moi je voyais qu'il baignait dans son sang, il s'était littéralement vidé de son sang... Et quand Pierre a vu ma tête, il a compris. »

Noël a ce regard — ce regard qui n'est plus perdu dans l'ailleurs, mais fixé sur eux avec intensité.

Après sa mort, le corps de Noël a continué à se vider et eux, Zazia et Pierre, n'en finissaient pas de le colmater.

D'une des chambres du fond, une patiente a appelé Zazia et lui a dit : « Vous n'êtes pas gentille avec moi. » Elle voulait que Zazia lui brosse les dents. Zazia lui a dit que ce n'était pas le moment.

*

Déjeuner avec Monique, Jean et Georges.

Il n'est pas directement question de Noël — par petites touches seulement, comme s'il venait parfois nous toucher d'un coup d'aile invisible. On parle de son scooter et Monique se demande ce qu'elle va en faire. « Je ne voulais pas monter dessus », dit Georges.

Monique regarde Georges avec une tendresse infinie. « C'est l'être le meilleur qu'il y ait sur terre... » Puis, sur un regard de Jean : « De ceux que je connais, en tout cas. »

Dans les silences, malgré leur invitation à m'asseoir avec eux, j'ai le sentiment de mon intrusion. La conversation décolle sur des sujets divers avant de retomber. C'est dans cette brusquerie, dans le silence de plomb qui s'installe soudain, que vient se loger la souffrance.

Parfois Jean-Marc vient se poser à la table — il est proche de Monique depuis qu'ils ont milité ensemble à Aides. Il dit des choses simples et des sourires passent.

Quand il parle, Jean fixe son interlocuteur droit dans les yeux ; les mots sont calmes et précis, et c'est la même précision qu'il attend en retour.

Georges dit qu'il est content que Noël l'ait « autorisé » à aller à son enterrement. L'année dernière, Noël avait demandé qu'il n'y ait personne, à part Monique et Jean. « Il y a quelques semaines, la dernière fois que je suis allé à Saint-Tropez, il m'a dit : tu sais, je vais dire à Monique que je veux que tu viennes aussi, que vous soyez tous les trois. » Monique hoche la tête.

Je me souviens de ce mot de Jean auquel Georges a fait allusion plus tôt : Noël a eu trois pères, et les deux qui s'occupaient vraiment de lui n'étaient pas ses géniteurs...

Il y aura donc deux hommes — celui que Monique a choisi pour la vie et celui qui est resté aux côtés de Noël jusqu'au bout — pour encadrer cette femme, dans quelques jours, dans son dernier et silencieux dialogue avec cet être impossible et beau, passionnément aimé, et dont l'absence est, déjà, violente comme était sa présence.

Ici, ce n'est pas la vie

Félicette est la dernière personne que j'ai vue à la Maison lors de mon premier séjour. J'étais tout au bout du couloir, dans le bureau de Renato, le comptable, en train de lui dire au revoir, lorsqu'elle est entrée. J'ai senti comme un bloc de souffrance qui remplissait la pièce et, derrière le sourire, un désarroi profond qui m'a pris par surprise et fait peur, pour la première fois depuis que j'avais passé le seuil de la Maison.

Renato m'a présenté Félicette comme une bénévole qui vient l'aider une fois par semaine.

« Et vous ? m'a-t-elle demandé, qu'est-ce que vous faites ici ? »

Le vouvoiement à la Maison est rare. Vis-à-vis de moi, il s'exprimait parfois, lors de la première rencontre, comme une sorte de timidité (sans doute, on vouvoie les écrivains) ; dans ce cas c'était la marque d'une distance radicale, d'une méfiance qui m'ont fait perdre mon équilibre.

Je me suis expliqué maladroitement sur le livre ; les mots que j'avais prononcés plusieurs fois au cours des deux journées passées ici sonnaient creux et faux, je parlais de vérité avec un *s*, je parlais de témoignage, je parlais de vie...

« Vous dites qu'ici c'est la vie ? »

La violence de sa réaction m'a, une fois de plus, pris de court.

« Je veux dire, ai-je balbutié, qu'il y a des moments de vie... »

Félicette ne m'écoutait pas.

« Ce qui se passe ici est *atroce*, m'a-t-elle dit en me regardant droit dans les yeux, ce n'est *pas* la vie, heureusement... »

Je suis parti à reculons, dans un trouble profond.

Pendant deux jours, j'avais entendu des membres de l'équipe me parler de l'humain, du geste juste, de l'intensité de la relation... Même Mireille, qui se méfie toujours de l'idéalisation du parcours de fin de vie, m'avait communiqué une sorte de lumière qui brillait dans ses doutes, ses incertitudes.

Je n'avais vu les patients que de loin, à travers une invisible paroi de verre.

Pour la première fois, je venais d'être confronté directement, sans filtre, à la douleur d'un autre.

*

L'image et le visage de Félicette sont restés en moi.

D'abord j'ai voulu les écarter, les exiler dans une région étrangère de l'âme. « Ici, ce n'est pas la vie » est une phrase qui revenait de temps en temps me déranger. C'est comme si un ordre avait été en train de s'édifier en moi et que ce regard et ces mots, à eux seuls, avaient été susceptibles de l'ébranler dans ses fondations mêmes.

À chaque séjour je me disais que je devais la revoir, mais une raison ou une autre repoussaient toujours la rencontre.

Ma compréhension de la Maison, sans doute, s'approfondissait, je parlais avec certains patients, j'étais entré dans les chambres avec Jean-Marc, puis seul parfois, j'étais confronté à ces regards d'égarés, à ces corps décharnés, je savais mieux qu'à la douceur succédait le vertige, j'avais eu dans le couloir de ces conversations sérieuses avec certaines mamans tristes avec des mots très rares, j'avais croisé des enfants qui couraient et moi aussi j'allais de temps en temps me réfugier à la cuisine pour me faire un café quand je n'avais pas envie de café.

Sans qu'on me raconte en détail son histoire, j'avais appris que la sœur de Félicette était morte ici.

J'ai demandé à Renato de m'organiser un rendez-vous avec elle.

*

Félicette embrasse Renato et me tend la main.

« J'ai besoin d'un café au lait. »

Je l'accompagne à la cuisine et nous allons ensuite nous installer dans la salle à manger des familles, pour être tranquilles. Tout de suite, elle m'interroge avec à peine moins de virulence que la première fois.

« Pourquoi êtes-vous venu ici ? »

La question m'est rarement posée de façon aussi directe. Elle est pourtant simple et légitime : c'est celle qui est posée à l'entretien d'embauche, afin de discerner clairement les motivations des candidats et d'écarter ceux dont les tendances morbides pourraient être source de problèmes pour les malades ou l'équipe.

J'essaie de m'expliquer d'une façon un peu moins gauche que la première fois. Je dis que je fais partie de ceux dont aucun événement tragique, dans le parcours, ne justifie *a priori* la présence mais que pourtant, à travers l'expérience personnelle et les rencontres, je me sens profondément engagé dans cette aventure. Toujours cette méfiance, qui ne cède pas.

« Donc vous ne pouvez pas comprendre. »

Je m'attends presque qu'elle se lève et s'en aille et pourtant elle se met immédiatement à parler, à raconter. Je ne sais pas pourquoi cette porte s'est ouverte, entrebâillée plutôt, mais en tout cas c'est ainsi et je me glisse dans l'embrasure, tâchant de rester dans l'ombre tandis qu'elle parle, précise, rageuse parfois.

Je ne lui pose pas de questions. J'essaie parfois — rarement — d'orienter d'un mot, d'une inflexion ; mais je sais qu'elle cessera de parler aussi brutalement qu'elle a commencé, au milieu d'une phrase peut-être. Ce qu'elle me livre n'est pas un récit — ce sont plutôt comme des fragments arrachés à la vie, à la souffrance même. Ils jaillissent de vastes zones d'ombre et il serait inutile, cruel peut-être, de lui demander de préciser tel ou tel point.

Alors j'écoute.

Félicette et Renée sont des sœurs — comme des jumelles, comme des siamoises, plus proches l'une de l'autre que de n'importe qui d'autre, à commencer par leur propre mère. Félicette s'est trouvée confrontée à la maladie de l'une et de l'autre. Habitée par le désir de les rapprocher, elle a bouleversé sa propre vie pour s'occuper des deux femmes en même temps. Pendant quatre mois, elle s'épuise à donner autant à l'une qu'à l'autre en se disant tout de même qu'il y a cet échange, cette présence audelà de la solitude à laquelle la maladie condamne, cet au revoir dit sans mots. Elle tâche d'ignorer la jalousie des deux malades en rivalité pour son affection, tente d'oublier sa propre fatigue — elle se dit que c'est une bonne chose, malgré tout, et que les bonnes choses ont un prix.

Mais la maladie de Renée évolue si vite — et si mal — que la situation ne peut pas durer.

Félicette ne me donne pas les détails, mais chacun des mots évoque un martyre d'opérations et de traitements, une succession de silences et de mensonges qui la remplissent peu à peu d'amertume et de colère. Ce n'est pas seulement que rien ne semble marcher contre ce cancer, ce n'est pas seulement qu'elle a l'impression (mais comment savoir ? comment lutter ?) qu'au nom de l'autorité médicale des erreurs ont été commises... C'est que la souffrance même de Renée est niée, en quelque sorte refusée par le monde hospitalier.

Ce sont deux femmes blessées qui arrivent à la Maison — l'une au plus profond du corps, l'autre au plus profond de l'âme. « Tous les mêmes », pense Félicette qui entre immédiatement en conflit avec l'équipe.

Bien sûr elle est partagée : elle sent tout de suite une écoute, une attention particulière qu'elle n'a rencontrées nulle part. Mais la colère est enracinée en elle, très profondément, et elle peut se réveiller à chaque incident pour des conflits qui peuvent devenir violents. *Ils n'y arrivent pas, ils sont comme les autres...*

Elle vit avec sa sœur des moments terribles et des moments magiques, une communion qui s'approfondit chaque jour. Quand elles rient, elles rient comme des petites filles à des blagues idiotes ; quand elles pleurent, le désespoir les entraîne tout au fond.

Elle a la sensation d'une fusion si intense qu'elle *devient* littéralement sa sœur pour l'aider à vivre. Sa sœur aimait à décider de tout, alors elle réunit pour elle des conseils de famille imaginaires pour qu'elle continue à prendre ses responsabilités ; sa sœur aimait les hommes, elle lui raconte des histoires de fesse alors que ce n'est pas du tout son genre ; sa sœur aimait les enfants, alors pour elle elle se fait gamine et se laisse doucement câliner et gronder...

Elle ne sait plus, parfois, qui est qui, elle ne sait plus ce qui est d'elle et ce qui est de l'autre, elle ne sait plus la frontière entre les jours et les nuits, elle ne comprend pas comment les fous rires partagés peuvent déboucher sur une souffrance si intense.

Une nuit, les douleurs de Renée deviennent si grandes, rien ne peut les calmer ; pour Félicette, ce sont cinq heures intolérables pendant lesquelles une autre dimension s'ouvre en elle. Elle se sent soudain douée d'une vie autre, végétative si l'on veut, comme si elle se mettait dans une sorte de « pilotage automatique » qui lui permet de continuer à vivre (car plus loin dans cette douleur et c'est la mort pour elle) tout en apportant à Renée sa présence et sa chaleur.

Le matin, au petit déjeuner, elle se trouve parfois à côté de patients ou de familles et elle est capable d'échanger avec eux, de leur apporter quelque chose. Elle prend un malade dans ses bras. Elle écoute. On lui dit : « On sait que vous pouvez tout comprendre. »

C'est dans son état second que Félicette traverse la dernière semaine de vie de Renée et tout ce qui entoure son décès, son enterrement... Elle est « au-delà », calme, protégée du basculement par ce détachement instinctif.

Félicette a été au bord du monde, suspendue au-dessus du vide, et c'est comme si elle s'était séparée en deux — une partie pour suivre Renée jusqu'au bout et au-delà, et une autre pour rester en vie, ne pas exploser de souffrance.

Pourquoi revient-elle ?

Elle dit qu'elle a failli faire demi-tour, la première fois.

Quelque chose la ramène ici — pas encore avec les malades, elle ne se sent pas prête, mais au bout du couloir, avec Renato, pour l'aider dans la gestion de la Maison.

Elle se dit que dans un an elle pourra faire du bénévolat avec les malades. Là, c'est encore tôt, c'est encore violent.

Elle se lève d'un coup et elle me dit : « Je crois que ça suffit, là. »

Une histoire d'amour

Il faut les imaginer, accrochés l'un à l'autre, tandis qu'elle lui fait faire ses premiers derniers pas sur la plage. Alexandre est si léger, avec ses quarante kilos, et pourtant, dit-elle, c'est comme s'il avait un sac de ciment à chaque pied. À chaque pas il soulève le poids du monde. Quand il s'allonge au bord de l'eau, il se met à pleurer.

C'est une journée de soleil voilé mais le bleu clair, presque transparent, du ciel suffit à l'éblouir. Que font-ils ? Rien d'autre que ce que font les amoureux au bord de la plage : regarder les vagues, s'asseoir dans le sable, se tenir par la main. Tout est plus lent, plus attentif. Tout est comme une première fois qui serait en même temps une dernière fois, sinon que ces mots-là ne sont même pas dits, peut-être même pas pensés : c'est simplement beau à vivre et si fragile, c'est un sacré travail, chacun de ces gestes il te faut une patience... Quand le jour baisse et qu'il fait un peu frais sous la brise, j'imagine (mais juste j'imagine, car elle ne dit rien de tout cela et je n'ai pas envie de poser des questions) qu'elle s'enveloppe avec lui dans une couverture, en silence, quelques minutes avant de prendre le chemin du retour.

*

Florence est aide-soignante à la Maison. Comme beaucoup ici elle dit qu'elle a peu de mots, mais chacun de ceux qu'elle utilise est à la fois prudent et juste.

Il y a dans son regard une tristesse ancienne, une souffrance qui lui fait baisser la tête et épier sans cesse d'où le danger peut venir. Cela sort par fragments et l'on devine un univers d'une violence terrible auquel elle n'a échappé que par un acharnement et un courage de survivante.

Elle est sœur de ces femmes que j'ai vues, pendant mes années chez Fixot, femmes cassées et non brisées, dont la vie aurait dû être engloutie mais qui ont cette lumière et qui résistent, encore et toujours.

Elle est devenue aide-soignante, on n'a pas vraiment besoin de lui demander pourquoi.

Elle se souvient que pendant son stage dans une maison de retraite d'Aix, elle a vu des soignants ceinturer une vieille dame victime d'une atteinte neurologique et qui refusait de manger. Ils l'ont attachée et nourrie de force. Puis, comme elle recrachait la nourriture, ils l'ont arrachée de son fauteuil, battue, avant de la laisser seule dans une pièce froide — « pour lui apprendre ». Elle l'a relevée et lui a parlé, a tenté de dénoncer la maltraitance. Elle s'est vu répondre de passer son diplôme d'abord.

C'était en 1995 en douce France.

La violence est présente partout dans la vie de Florence, elle s'acharne à la poursuivre, et la crainte au fond de ses yeux ce n'est que cela : d'où peut-elle surgir et se déchaîner à nouveau ?

Elle a subi celle du père de ses enfants, celle de la justice qui l'a condamnée parce qu'elle refusait de lui divulguer son adresse pour s'en protéger, celle des flics qui l'ont insultée, fouillée à corps, menacée d'envoyer ses enfants à la DDASS. Pourquoi ? Parce qu'elle ne voulait toujours pas la donner, cette putain d'adresse, à l'homme qui avait détruit sa vie mais pas tout à fait. Pour finir, l'un des flics a vidé son sac à main devant elle (ils l'avaient laissée seule, en culotte et soutien-gorge, dans une cellule, « pour lui apprendre »), lui montrant avec mépris le misérable petit tas de secrets qu'était sa vie. Il en a extrait une lettre que sa fille lui avait écrite depuis sa colonie de vacances. « Eh bien, elle est là, votre adresse, c'était pas la peine d'en faire toute une histoire. »

C'était en 1995 en douce France.

Quand elle est arrivée ici, la Maison est devenue sa maison. Elle sait qu'elle leur en a fait voir, au fil des années, quand elle prenait son service en pleurant, quand les gendarmes venaient la traquer jusqu'ici, quand elle était si mal qu'ils l'ont hospitalisée pour la protéger. Elle sait que dans l'équipe certains ont parfois murmuré, peut-être plus, quand vraiment elle n'assurait plus.

Mais Jean-Marc, Jean-Louis et les autres ne l'ont jamais laissée tomber. Pas seulement par compassion : parce qu'ils croyaient en elle, en cette belle personne qui émergeait doucement de cette personne humiliée.

Quand elle a été voir Jean-Louis parce qu'elle tombait amoureuse d'un patient, Alexandre, Jean-Louis a soupiré et il a simplement dit : « Fais attention à toi. »

Pourquoi Alexandre ?

« Il était comme moi, dit Florence, cassé par la vie et toujours vivant, d'une solidité incroyable. » Peu à peu, geste par geste, mot après mot, elle a franchi la frontière. La tendresse du geste devient personnelle et des fenêtres pour tous les deux s'ouvrent, où la lumière entre et coule à flots. Elle l'emmène au cinéma, à la plage. Elle retrouve (trouve ?) le bonheur d'une relation, d'une confiance. C'est vrai que c'est bien avec « les autres » ; mais l'autre, Toi, c'est difficile de vivre sans, c'est unique de le rencontrer, de pouvoir le dire et se l'entendre dire. (Ces histoires qu'on se raconte la nuit, ces rires silencieux, ces mains qui s'étreignent et la peine — ancienne et lourde — qui s'en va, le corps et l'âme qui s'allègent, le visage qui s'ouvre... On le sait bien, que l'autre ne sera pas toujours là, mais c'est bon d'être ensemble dans un monde qui pour un temps se calme, où la ville n'est pas peuplée d'hommes qui vous battent, vous maltraitent, vous humilient, « pour t'apprendre ». C'est un repos fragile, ô combien, une fleur dont les pétales seront éparpillés par le vent mais au moins pas piétinés.)

Il y a de la lumière dans les yeux de Florence, la lumière de ce qui vit et non de ce qui est mort, la lumière d'une présence.

Le quotidien s'obstine même si Alexandre, à la surprise de tous, refait des choses qui lui paraissaient interdites — quelques pas, la longueur d'un couloir — « gagne » un retour chez lui.

Elle va le voir après son travail et il ne voit pas — enfermé dans la solitude de sa maladie — ce don qu'elle lui fait, il voit qu'elle a quelques minutes de retard, il voit qu'elle n'est pas toujours là quand il en a besoin, et il s'énerve et proteste.

Florence se met en retrait.

Elle ne vit pas cette relation dans sa pureté pour que la violence — même verbale — y reprenne une place.

Elle attend.

Quand Alexandre revient à la Maison, ils se retrouvent sans que beaucoup de mots soient nécessaires — plus et mieux qu'avant, dans une profondeur réelle, dégagée des agacements, des impatiences.

C'est une histoire d'amour.

Quand Alexandre est mal, elle passe jour et nuit à ses côtés, elle essaie de l'aider à calmer sa souffrance, y parvient doucement.

Un matin, on l'appelle chez elle parce que Alexandre l'a demandée.

Il est très calme, sans souffrance apparente, il parle normalement.

Elle fait chaque geste pour lui, avec lui. Linda passe la tête et ressort aussitôt. (Plus tard elle lui dira : « On aurait dit qu'il y avait des fils attachés entre tes doigts et son corps. »)

Je retiens l'image de ce moment d'harmonie : des mains qui accompagnent le visage sans le toucher, une musique des âmes.

Il lui parle d'une montagne noire de son village du Sud-Ouest et qu'il appelle Notre-Dame-des-Champs.

Sa mère arrive et les deux femmes se partagent l'intimité de ces moments sans effort et sans heurts.

Il est calme, toujours.

Il lui dit : « Maintenant, je vais mourir. »

Quand la sirène de Gardanne sonne midi, il part.

*

La lumière passe dans cette histoire.
Elle est là, toujours, sur le visage de Florence.

Ma fiancée

Yolande je la vois et je l'appelle « ma fiancée » tout de suite.

Je ne sais pas, moi, elle est charmante, cette femme-là, avec toutes ses rides qui rient et son regard bleu version jeune fille — des yeux qui brillent d'espièglerie et en même temps au bord des larmes, tu ne sais pas pourquoi.

Parmi les bénévoles elle est la seule de Gardanne, de Biver exactement, et elle a ce doux accent provençal qui, à mon oreille, sonne un peu comme celui d'Arles — rien à voir avec celui de Marseille et encore moins avec celui — honni — de Nîmes. (Quand je passais mes deux mois d'été à Fontvieille, ma grand-mère me regardait à la fin du séjour avec une tendresse désolée en commentant : « Mon Dieu, ce petit il a l'accent de Nîmes. ») Elle ressemble, Yolande, à ces jeunes filles que je n'osais pas inviter à danser lorsque nous allions au bal du village, elle ressemble à la première copine de José — que je trouvais tellement mieux que celle qu'il avait poussée vers moi. Alors finalement, sans rien savoir l'un de l'autre, c'est bien normal que nous nous fiancions, aux yeux de tous, dans le hall.

*

Yolande est née à Biver, au numéro 11 de sa rue, et Michel au numéro 14. Il avait quatre ans de plus qu'elle, tous les jours il passait devant sa maison pour aller à l'école. « J'avais quinze ans quand il m'a embrassée pour la première fois. J'ai cru tomber par terre de peur que mon père nous voie. »

À dix-huit ans, Yolande ne voit la vie qu'au service des lépreux ou à celui de Michel. Ce sera Michel. Ils se marient, ont une fille. « On a eu des hauts, on a eu des bas, beaucoup de bas les premières années. » Michel, qui travaille dans les milieux du football semi-professionnel, n'a pas beaucoup entendu parler de la libération de la femme et Yolande ne fait pas grand-chose pour lui montrer la voie.

Les années passent et Yolande souffre de ses premiers deuils : celui de son père, qui a vécu avec eux, puis le départ de sa fille, quand elle se marie, à vingt-trois ans.

« On s'est retrouvés tous les deux, vraiment tous les deux. Il y en a qui se perdent de vue à ce moment-là ; nous, ç'a été le contraire. »

Yolande a vécu les vingt années qui ont suivi avec Michel, pour Michel. « Quand j'étais avec lui je n'avais besoin de rien d'autre, je ne voyais rien d'autre — que nous. » D'ailleurs, Michel ne comprendrait pas qu'elle puisse avoir besoin d'autre chose. Un jour, elle s'attarde après le travail pour boire un coup avec les copines. Quand elle rentre, à sa surprise, c'est Michel qui l'attend.

« D'où tu viens ?

— J'ai été boire un coup avec les copines.

— Tu avais soif ? »

Michel ne comprend pas ça, il n'est pas « moderne » du tout. Au football, « il a défait les équipes, il les a refaites, les apéritifs, les avant-matchs, les après-matchs — mais la femme non, il ne l'a pas refaite ». Yolande évoque Michel avec un amour qui n'empêche pas la lucidité, peut-être même une forme de dureté. L'amour est si fort qu'il n'a pas besoin d'idéaliser l'autre.

Un jour de 1994, Michel et Yolande fêtent leurs quarante ans de mariage. Il voulait lui offrir une bague, mais elle a préféré un voyage afin qu'ils puissent en profiter tous les deux. De retour, vers l'automne, l'homme dur au mal se plaint de quelques douleurs. Yolande n'a pas l'habitude, elle le rabroue. Au mois de décembre, comme il est en train de tailler une haie, il fait un malaise cardiaque. On pratique une artérioscopie, pour découvrir qu'il a les veines bouchées, lui qui n'a de sa vie fumé ni bu une goutte d'alcool.

Le 12 janvier 1995, il fait un test d'effort.

Le 13 il commence à avoir mal aux reins et Yolande le gronde. « Pour une fois que tu es malade, tu ne vas pas nous gonfler. » Michel se met à enfler et il est hospitalisé pour la Saint-Valentin. Comme il entre dans sa chambre, Yolande le charrie gentiment : « Toi, il n'y a que la chevrotine qui va t'achever. »

Elle en parle, de son homme, et on sent qu'elle se sentait pleine d'admiration et de crainte devant sa force d'homme. Et le voilà si faible, avec ce temps qui passe si vite. Elle lui tient la main : « On va se battre, Michel. » Il dit : « On va se battre, je t'aime. » Michel va partir en quinze jours.

Quinze jours que Yolande passe à ses côtés, à l'hôpital, sans rentrer à la maison pour se changer, sans se laver, jour et nuit avec lui. Quinze jours où Michel garde les yeux fermés, toujours, sans la regarder. Quinze jours de désespoir et de colère — pourquoi moi, pourquoi lui, pourquoi si vite ? « Je voyais passer des gens laids, malades, tordus, des gens qui se disputaient sans arrêt, qui ne supportaient plus d'être ensemble. Je voyais des gens qui étaient main dans la main — et moi, plus rien. »

Un jeudi, deux jours avant sa mort, Michel ouvre les yeux et dit : « Yo, s'il doit m'arriver quelque chose, je ne veux ni fleurs ni couronnes, ni curé ni discours. Je veux cinq roses rouges, une pour toi, une pour moi, une pour Corinne, Claude et leur petite. » Mais Yolande n'entend pas. Elle refuse l'idée que Michel est en train de partir — elle croit encore à une opération miracle qui ne vient pas, ne viendra jamais. Même quand elle a reçu ce coup de massue, elle va encore à ses côtés : « Michel, on va se battre. »

Mais ce coup-là, Michel ne répond plus.

Le samedi, il est mort.

Les mois passent dans ce vide, cette révolte, cette dépression. Elle est sous Prozac, elle a des pensées suicidaires.

Yolande connaît la Maison, elle fait partie de ces Gardannais qui ont refusé de signer la pétition qui a circulé dans la ville avant l'ouverture, l'année précédente. Elle connaît Patricia, à l'époque responsable de l'équipe des bénévoles (et qui travaille aujourd'hui à la cuisine), parce qu'elles peignent ensemble à l'atelier de Gardanne.

« Quand je suis arrivée ici, on aurait dit une vieille de cent ans. Ils m'ont accueillie tout de suite. Chantal, Mireille, Loulou, Jean-Marc, tout le monde... Et les résidants... »

Elle apprend, tout doucement, à pardonner aux autres et à se pardonner à elle-même. Elle se souvient qu'elle en voulait à Michel de ne pas la regarder — et elle comprend avec les résidants qu'ils ont, dans ce temps, leur travail à faire qui passe par un repliement sur soi. « Il partait dans un endroit qu'il ne connaissait pas et il avait lui aussi des choses à pardonner, à se pardonner. » Elle revient souvent sur son acharnement à lui parler de se battre alors que tout allait finir — elle s'en veut de ses paroles de refus, ce n'était pas ce qu'il fallait dire... Jean-Marc et Chantal lui ouvrent une porte : « Tu aurais répondu différemment, il ne t'aurait pas reconnue... »

Elle se souvient d'un moment de la maladie où il souffrait tant qu'il ne dormait plus. Alors à trois heures du matin elle a pété les plombs, elle s'est mise à l'engueuler. « Merde, tu ne dors plus... et moi trois ans je suis restée sans dormir et je ne t'ai jamais embêté ! » Michel sort avec elle dans la rue et il la prend par le bras. Il murmure : « Bientôt, il n'y aura plus rien. »

« C'est long, dit Yolande, c'est long à descendre, ce pardon, c'est difficile. »

*

« Ici, tu ne peux pas dire que tu as de la peine. Eux, ils vont mourir. Qu'est-ce que tu veux leur dire ? »

Yolande ne se protège pas beaucoup dans son rapport avec les résidants. Elle met très peu de cette fameuse « distance » dont on parle beaucoup mais que l'on voit à peine. Elle vit les émotions en plein, elle partage les peines, elle se pend au cou des soignants, des autres bénévoles. (Elle, comme la plupart des autres : il y a tellement de bonheur à se voir qu'on échappe tout de suite à cette réserve qui, si souvent, nous retient dans la rencontre avec les autres. Merde, tu es là ! et tu es vivante, si pleine de souvenirs et de rires. Allez, raconte-moi !)

Elle a appris, pourtant, au cours de ces cinq ans. Appris l'humilité de ne pas être indispensable, d'être rejetée parfois, parce qu'un patient dit : « Je n'ai pas envie de te voir, aujourd'hui » ou même : « Je n'en ai rien à foutre, de votre visite, de vos journaux, de vos cadeaux... » Elle a appris à ne pas mettre trop de mots. « Être, être là, pas forcément faire quelque chose. J'ai vu passer de longs moments auprès de quelqu'un qui partait, plusieurs fois, sans parler, sans rien. » Elle sait entrer dans une chambre et attendre en silence.

« Maintenant, dit Yolande, je commence un peu à vivre. »

Allez viens, Yolande, on danse.

C'est la vie

À l'image, leurs visages ne sont peut-être pas différents de ceux des autres acteurs du film[1] que Jean-Pierre Améris a écrit et réalisé. D'un point de vue esthétique et cinématographique, d'un point de vue émotionnel, peu importe de savoir que Thierry, celui qui joue le rôle du cuisinier, est réellement Thierry, le cuisinier ; peu importe que trois des malades soient réellement des malades et que, dans la scène du mariage, un bon nombre des figurants soient les agents de service, les aides-soignantes et les infirmières de la Maison.

Il me semble pourtant qu'en déplaçant les lignes habituelles, le réalisateur a fait mieux qu'un travail anecdotique : il a prolongé l'écoute et les rencontres de plusieurs semaines

1. *C'est la vie,* d'après *La Mort intime* de Marie de Hennezel, a été écrit par Jean-Pierre Améris et Caroline Bottaro, produit par Philippe Godeau avec Jacques Dutronc et Sandrine Bonnaire.

au cours desquelles il a littéralement « vu » son film avant de le tourner. Dans ce mensonge qui dit la vérité, l'humanité de ces visages a quelque chose d'inoubliable.

*

La première fois que j'ai vu Bertrand a également été la dernière.

Un des soignants roulait son fauteuil pour le faire profiter d'un rayon de soleil d'hiver, sur la terrasse. Il était recroquevillé sous les couvertures et il avait la tête renversée, les yeux partis, les longs cheveux gris accrochés à son crâne dégarni. Il remuait les lèvres pour dire quelque chose et il était presque inaudible, il fallait se pencher tout près de lui pour l'entendre. Il y avait quelque chose de misérable et poignant et — même sans aucune expérience — il n'était pas difficile de voir qu'il ne resterait pas longtemps. Et pourtant, étrangement, il se dégageait de lui une vraie jeunesse, une présence, cette qualité de lumière qui tout à la fois rapproche et tient à distance. Tu te sens tout à côté, comme si c'était ton frère qui passait là, et tout timide, impressionné, parce qu'il a voyagé dans des mondes que tu ne connaîtras jamais : c'est une étoile.

Quand Bertrand est arrivé à la Maison, il a spontanément attiré à lui beaucoup de gens.

C'était une histoire dure, violente — celle d'un orphelin de mère qui devient apprenti boulanger, se fait maltraiter, pour qui la rue, le vol, la drogue sont un refuge. C'était surtout cette présence, ce style, cette attitude... Imperceptible : une façon de parler, de voyager, de rêver... « C'est ça, dit Mireille, qu'il a fait vivre à beaucoup de gens dans l'équipe : cette notion d'un paradis perdu qui n'existe nulle part. Quand il parlait de Nossi-bé, on rêvait sur cette petite île perdue au large de Madagascar, une terre quelque part où toutes les tensions sont abolies. Quelque chose de rescapé sur terre où l'on peut être soi, mais libéré de soi. Le bonheur d'être enfin ce que l'on aimerait être. L'espace du rêve... »

Bertrand parle beaucoup, rêve beaucoup. « On s'asseyait au bord de son lit et on partait en voyage. » Il a mauvais caractère mais un mauvais caractère qui séduit ; c'est un rebelle qui te convertit à sa cause, un marginal qui te fait passer de son côté. Il a connu les bateaux et les galères, les îles et les drogues, il est revenu de tout et maintenant il vogue, il continue à voguer... Bertrand ne cesse jamais de partir, sa vie entière, dans l'espace et le temps, se déroule ailleurs : si l'on sait ouvrir les yeux et le cœur, ailleurs est une nostalgie en même temps qu'une promesse, un souvenir, un peut-être demain. Si l'on ne cesse de partir, c'est qu'on ne cesse de vivre, mourir et renaître. Avec Bertrand, il n'y a plus à souligner l'ambiguïté du mot « partir » : voyager est une métaphore de la mort, mourir une métaphore du voyage. « Tout son truc, dit encore Mireille, c'était de se détacher de la vie et, pour y parvenir, il faisait comme si la vie allait continuer. Il disait : "... j'aimerais bien y retourner...", et dans les points de suspension on savait qu'il n'y retournerait pas mais que le rêve continuait. »

Tourner dans le film a été pour Bertrand un dernier voyage. Il y promène son regard avec sa grâce impertinente et légère, une élégance absolue, comme si la débâcle de son corps ne le concernait pas. Quand Sandrine Bonnaire lui attache des couleurs au bout des doigts et qu'il choisit le bleu, c'est avec la liberté d'un enfant.

Jean-Marc a senti l'onde de sympathie qui entourait Bertrand à la Maison ; il l'a observée à distance et, par un effet de balancier, a plutôt eu tendance à freiner son engagement vis-à-vis de lui. Mais il a été amené à intervenir.

La première fois, c'est pendant le tournage : Bertrand est hospitalisé dans une clinique située juste à côté de la « vraie fausse » clinique reconstituée pour le film. Le personnel soignant vit mal avec ce malade-acteur qu'il récupère en général très fatigué après les tournages. À la clinique, Bertrand se replie sur lui-même, dort, reprend des forces intérieures afin de rester en état de poursuivre le projet qui lui tient à cœur : tourner. Il ne fait aucun effort pour communiquer, il s'ennuie et le dit. Il n'a qu'une idée : retourner à la Maison après le tournage.

Du côté du personnel soignant de la clinique, une critique plus ou moins explicite est formulée à l'encontre de la Maison : vous allez trop loin... Jean-Marc parle à Bertrand, au réalisateur Jean-Pierre Améris : il est clair que ce tournage est la liberté de Bertrand et qu'il est libre d'arrêter à n'importe quel moment, quelle qu'en soit la raison. Jean-Marc se rend également à la clinique où il essaie d'expliquer qu'il lui semble être bien dans son rôle en accompagnant la démarche de Bertrand plutôt qu'en cherchant à toutes forces à la contrecarrer. Est-il écouté, compris ? Sur le moment il en doute, percevant plutôt une hostilité, mais quelque temps après le film, la même clinique adressera un patient à la Maison.

Avant le tournage, Bertrand avait été envoyé « se reposer » à Praz-Coutant dans les Alpes. Il s'y était immédiatement senti en détresse, la réalité de l'établissement ne correspondant pas selon lui au tableau qui lui avait été brossé.

Au moment où, le film achevé, il revient à la Maison selon son souhait, c'est cette détresse qui ressort. Bertrand est épuisé et le bout de la route approche. « Vous m'avez abandonné, vous m'avez lâché... » Quand on arrive le matin à la Maison, pendant ces quelques jours-là, on entend depuis le hall une plainte qui monte depuis sa chambre, une des trois chambres du rez-de-chaussée. Bertrand appelle et tout le monde se relaie pour ne pas le laisser seul. Même quand les reproches s'effacent, il est encore en désarroi : « Prends-moi la main, retiens-moi... » Parfois, une présence le soulage quelques minutes et puis elle s'use comme une corde à laquelle un poids trop lourd est accroché, et l'angoisse reprend le dessus : « Retiens-moi, empêche-moi de partir... »

L'Hypnovel le soulage et rend ce long glissement moins douloureux. Mais jusque dans son attitude physique, Bertrand ne cesse pas, jusqu'au bout, d'exprimer son angoisse, son refus de ce voyage-là.

« Ça te dérange intimement quand tu vois partir quelqu'un comme ça, dit Mireille, parce que tu as du chagrin, tu es abattue, mais surtout tu ne peux pas empêcher ça... Quelqu'un dit jusqu'au dernier moment "Retiens-moi", et tu ne peux pas empêcher ça... Il est mort d'une mort difficile. »

*

« Oh, et l'omelette ? »

Dès le tournage de la première scène du film où il a une réplique, Thierry le cuisinier dégage un naturel de star. La plupart d'entre nous seraient atrocement mauvais dans l'imitation d'eux-mêmes : Thierry est cet autre lui-même instantanément, avec le charme du sourire qui quitte rarement son visage et la tristesse qui dort au fond de ses yeux.

Voix *off*, quelqu'un dit (Emmanuelle Riva, qui n'était pas selon la rumeur ravie à l'idée de jouer avec un « amateur » et qui a été parmi les premières séduites) : « Thierry ? il est entré ici comme malade et il est devenu cuisinier. »

Le raccourci a un peu fait tousser Thierry — c'est une de ces contractions que le cinéma exige mais dans laquelle les contradictions de la vie n'entrent qu'à moitié.

Thierry avait un restaurant à Saint-Raphaël et une vie qu'on imagine agréable. Le sida, selon les jours, il dira que c'est « la chance de sa vie » ou bien il ne dira rien — revivant les galères et se demandant ce qu'aurait pu être cette vie tranquille, avec l'homosexualité discrète, le quotidien du travail et des fêtes, des amitiés superficielles.

Elle a tout fait exploser, la maladie : Thierry a tout perdu, le restaurant, les amis, elle l'a fait glisser dans la misère et la solitude, dans le plus profond abandon physique et moral. Il sait qu'après son départ, on jetait les verres où il avait bu, qu'on lavait tout ce qu'il avait touché à l'eau de Javel. Il se souvient que lui non plus n'osait plus embrasser ses neveux et nièces.

« Ce qui m'a sauvé, c'est ici », dit Thierry en regardant les murs où sont accrochées des photos d'Orient. « Si je n'avais pas eu ça, je n'aurais pas eu le courage de continuer. »

Participer au projet de création de la Maison non en tant que malade mais en tant que membre de l'équipe, retrouver un travail et une « deuxième famille », tenir assez longtemps pour atteindre en bon état l'arrivée des trithérapies... c'est peut-être cela, la « chance » : c'est en tout cas ce qui le rend vivant alors que tant d'autres sont morts, cela aussi qui lui a permis de se découvrir et de s'accepter, même si ça n'est pas tous les jours facile à vivre. « Aller rencontrer quelqu'un, en tomber amoureux et avoir à lui dire que tu es séropositif, avec la peur de prendre une gifle... Tous les séropositifs sont dans ce cas-là... Tu étais un mec super l'instant d'avant, et après... »

Peu à peu, c'est la Maison qui a rempli tout son horizon. Il ne connaît la solitude que dans son jardin, avec ses chats. Le reste c'est le travail ici, les amis d'ici (à commencer par ses deux copines, Patricia et Sylviane, avec qui il partage le royaume de la cuisine), les sorties avec les gens d'ici, les amitiés, surtout au début, avec les malades d'ici. « On a quelque chose en commun, en plus de la maladie, dans notre manière d'être en décalage, d'être très révoltés et en même temps de prendre avec dérision tout ce qui peut arriver. »

C'est ici qu'il a appris à revivre — peut-être à vivre tout court. C'est ici qu'il a appris que sa colère pouvait avoir un sens, que son existence n'était pas vouée à un combat de survie absurde et mécanique. Il se souvient d'un des premiers patients de la Maison, plein d'angoisse et de panique, qui répétait comme un *mantra* « Je vais mourir, je vais mourir », et avec qui il s'asseyait dans le coin musique, sur le canapé bleu de l'entrée, et qu'il berçait jusqu'à ce qu'il s'endorme. Parfois, il s'endormait avec lui.

Pendant la préparation du film, Jean-Pierre Améris a passé beaucoup de temps à la Maison, et ce séjour a influencé sa sensibilité et la naissance de certains personnages, dont celui de Thierry. « Un jour il m'a dit : "Je ne trouve toujours personne pour jouer ton rôle." Je lui ai répondu en rigolant : "Si tu veux, moi je le joue." Et ça s'est fait comme ça, tout simplement. »

Tourner le film a été pour Thierry une sorte de thérapie, comme s'il revivait en quelques semaines ses six dernières années de vie. « Et je ne suis pas revanchard, mais c'est aussi une revanche par rapport aux gens qui m'ont enfoncé quand ça allait mal, qui m'ont laissé tomber. Je me suis senti reconnu en tant qu'être humain. » Avec le sens de la revanche, il y a aussi une fierté par rapport à sa famille, aux siens. « Je suis fier qu'ils puissent être fiers de moi. »

Je lui demande si les deux mois de tournage ont été un problème ici. « Ici, ce n'est jamais compliqué. » Et puis il y a ses deux « mamans » de la cuisine, Sylviane et Patricia, qui le couvent comme un poussin et s'appellent sans le lui dire trois fois par jour quand il ne va pas bien... « La première année où je travaillais ici, je vivais avec un garçon. Il était alcoolique, mais il ne me l'avait pas dit. Un jour je suis arrivé et il était ivre mort. Moi j'avais compris depuis longtemps, mais je ne voulais pas le voir, j'étais tellement content que quelqu'un me dise oui. J'ai appelé Sylviane en lui disant que je ne pourrais pas travailler pendant trois jours, je ne pouvais pas lui expliquer. Elle ne m'a rien demandé et elle m'a remplacé. »

Maintenant que le tournage est fini, Thierry a été malade pendant un mois et il a un peu peur du vide. « J'ai enfin posé mon histoire. Je ne pouvais pas dire à ma grand-mère, à mon grand-père, à ma famille, et ils vont savoir à travers ce film. J'espère qu'ils vont comprendre. »

Il va partir en vacances au Maroc avec une patiente qui est devenue une amie. « Il n'y a pas beaucoup d'histoires heureuses à la Maison, mais il y en a quelques-unes. Elle est arrivée ici avec toutes les misères du monde. Petit à petit, ils ont compris le problème qu'elle avait, ils ont trouvé le traitement adapté. Et elle, c'est ici qu'elle a compris qu'elle pouvait vivre. Alors elle s'est remise à vivre, à grossir... Elle est repartie chez elle. Et maintenant, elle est obligée de faire le régime pour maigrir... »

Bien que Thierry soit (dans le film comme dans la vie) celui qui raconte toujours les histoires drôles, il y a des jours où c'est plus difficile que d'autres, où il est capable de mesurer le chemin parcouru (« Tout ce que j'avais rêvé il y a six ans, je l'ai ») tout en se demandant, seul dans son jardin avec ses chats, si tout ça vaut la peine — en se demandant pourquoi Bertrand est parti, et pourquoi Barbara et tant d'autres, et pourquoi pas lui ? — et cette colère, bien sûr, pourquoi pas tous ces salauds, ces gens horribles ? Pourquoi nous et pas eux ?

Il n'y a pas de réponse.

C'est la vie.

DERNIER JOUR

Tout à l'heure, il m'a semblé voir un oiseau tomber du toit comme une pierre.

Toute la peine est descendue sur mon « chagrin qui se repose ».

Dans mon insomnie reviennent en désordre les détails de cette journée — la dernière que j'ai passée à la Maison pendant la rédaction du livre.

Dehors, il y avait ce soleil en triomphe, les filaments de nuages dans le ciel qui voilaient à peine le bleu méditerranéen, tout allégé de printemps.

Dedans... Dedans, ça n'allait pas. Tout était alourdi, plombé, la vie s'en allait par tous les bouts et ce qui restait était triste — j'allais dire triste à mourir — triste à vivre.

Il y avait eu un départ chaque jour au cours des trois derniers jours, les malades qui restaient étaient coincés dans des évolutions aussi pénibles qu'interminables et il n'y avait pas grand-chose à proposer pour ceux qui arrivaient.

Sur chaque malade discuté il n'y avait « rien » à dire et il tombait en pluie l'idée que s'il n'y avait « rien » à dire, il n'y avait « rien » non plus à faire. Quand le sens quotidien du projet commun se perd, le soin palliatif devient un morne gardiennage médicalisé où chacun traîne sa misère. Tout le monde s'est mis à bâiller.

Avant que je ne quitte la Maison, Krystoff m'a emmené faire un tour du jardin. Il m'a montré l'arrière de la villa des familles qu'il venait de débroussailler pour dégager un rectangle de gazon bien exposé au soleil, au calme. « Je me suis souvenu que Pascal aimait bien venir bronzer là à poil, faire la causette. »

Nous avons fait le tour de la villa, sommes passés sous les grands cèdres ; Krystoff me montrait les plates-bandes qu'il avait plantées, l'arbre de Judée qui semble jaillir de sous la Maison et déborde de grappes de fleurs mauves. Un peu plus bas, il s'est inquiété de l'amandier d'Isabelle, tout sec, sans fleurs ni bourgeons. « Il ne part pas, a dit Krystoff perplexe, peut-être qu'il fait partie de ceux qui fleurissent tard. »

Le long du mur une haie de troènes, des rosiers dont les petites fleurs jaunes sont encore ramassées en boutons puis, à hauteur de la cuisine, les « fraisiers de Thierry ». Ils n'ont pas fière allure. « Il devrait les dédoubler, a dit pensivement Krystoff, mais ce sont ses fraisiers. »

Le terrain de la Maison est en pente. Depuis le haut, on peut voir les collines découper leurs ombres chinoises sur le ciel ; quand on est en bas du jardin, on est tout entier sous la protection du vieux cèdre.

Nous avons vu encore un magnolia, un jeune arbre au tronc double dont Krystoff ne savait plus le nom, un olivier...

Il y avait tant de tristesse dans ce beau jardin de printemps, et tant de vie, tant de souvenirs qui poussaient comme on passe, qui passaient comme on vit, comme on meurt.

J'ai pris la route de Marseille.

*

J'allais rendre visite à Zazia, une infirmière que j'avais déjà vue, mais notre conversation avait été interrompue. En filant vers la gare Saint-Charles, fenêtre ouverte, j'essayais d'échapper au reste de pesanteur en moi en laissant l'air frais me caresser le visage. Mais rien ne s'allégeait — et puis je devais laisser mon esprit se concentrer sur la photocopie du plan que Karine m'avait donnée, y traçant la direction générale.

« Est-ce que tu connais Marseille ? » m'avait-elle demandé, et j'étais resté interdit. Évidemment, je connaissais Marseille : j'y avais passé des semaines, j'y avais embrassé une fille, enfant j'y avais embarqué sur un paquebot, j'avais été au Vélodrome voir l'OM perdre, un triste soir de fin de saison, contre Nîmes.

J'avais logé chez Lilette, dans la « maison du Fada », le *Titanic* de béton construit par Le Corbusier (et Lilette était morte seule, marmonnant des plaintes impossibles à entendre, avec des tonnes de provisions périmées), j'avais logé cours Pierre-Puget, dans une chambre encombrée par des tableaux modernes qui, d'abandon, étaient devenus anciens. Je m'étais promené dans les rues, au hasard, écoutant le silence, recherchant la lumière. Marseille était la ville d'enfance de mon père et j'y étais revenu, avec lui, dans le quartier de Saint-Mauront. Bon sang, c'était pour enterrer qui ? Pas ma grand-mère, elle était déjà morte... Clémence ? Mais non, Clémence a disparu à l'aube de mon adolescence et je n'ai jamais su, je ne me souviens pas... Peut-être la tante Marie, celle qu'aucun d'entre nous n'aimait ? Je ne voyais que du noir à la porte d'une maison, un petit appartement à l'odeur de renfermé, une chambre où repose une femme allongée dans son linceul que je n'approche pas.

« Est-ce que tu connais Marseille ? » Karine a répété sa question.

« Non, je ne connais pas, ai-je finalement répondu. Enfin, je n'y ai jamais conduit. »

Zazia habite la Plaine, un petit appartement dans une rue calme où elle se sent un peu à l'étroit avec sa fille. Il y règne une intimité familière, chaleureuse. Zazia a le regard creusé par les fatigues de la nuit : c'est elle qui a vécu le départ de Noël, la nuit dernière, un départ violent comme sa vie, et elle le raconte avec justesse.

Je ne pose presque pas de questions. Elle fait son récit, évoque les questions personnelles auxquelles il la renvoie, ceux auxquels il se rattache... Je ressens cette impression souvent évoquée par les soignants quand ils sont auprès des patients : *il se trouve* que je suis là, ma présence importe et non ma personne... Le temps file à l'approche de l'heure de mon vol, mais je n'éprouve aucune inquiétude : c'est un entretien qui se terminera naturellement, sans effort, quand tout sera dit et à l'heure dite — et je prendrai mon avion tandis que Zazia ira faire ses courses ou chercher sa fille.

La vie reprendra.

Quand je me lève pour partir, elle me dit merci et je bredouille que c'est moi qui... et puis merci pour quoi ? « Pour la discrétion que tu as dans le cœur. » C'est un remerciement que je ne prends pas pour moi. Discrétion ? Il me semble au contraire que mon indiscrétion a été absolue, si du moins j'ai essayé, au cours de ces six mois, de l'exercer sans violence, sans intrusion intempestive dans des vies qui ne m'attendaient pas et ne me demandaient rien, des morts qui ne me regardaient pas.

Je sais que des relations se sont nouées, qui existeront d'une façon ou d'une autre ; je sais que je ne pourrai pas passer à Gardanne ou dans la région sans aller passer la porte, écouter la fontaine, aller boire un café à la cuisine, mais je sais aussi — déjà — que les choses se refermeront derrière moi et j'en ai au cœur une nostalgie violente et incompréhensible.

C'est bien cela, la vie, nous en avons parlé avec Zazia : ne pas s'attarder sur ce qui a été vécu pour l'évoquer indéfiniment, le retourner en son cœur et l'encombrer de « Tu te souviens ? » Vivre : regarder devant — vivre — être en mouvement. Ce mouvement-là me séparera, me sépare déjà de ces êtres que j'ai rencontrés et aimés, silencieusement et sans geste, et dans la vie desquels je suis passé — sans discrétion, Zazia, mais avec toute la tendresse et la douceur (et aussi la maladresse parfois, sûrement) dont j'étais capable — et à qui je n'ai à rendre que quelques mots pour raconter une histoire — des histoires — quelques mots pour témoigner, rendre compte, mettre un peu de sens...

Zazia m'a rappelé notre premier entretien et que, au fond, elle n'avait voulu si intensément entrer à la Maison que pour y conjurer une angoisse si profonde : elle, qui avait coupé ses liens avec sa famille, serait seule au moment de sa mort et c'était une perspective insupportable, une panique qui pouvait devenir si profonde qu'elle l'empêchait de vivre. « Et maintenant ? » ai-je demandé. « Je sais ce que j'ai besoin de savoir. » Un temps, un sourire. « Alors tu vas partir ? — Je ne sais pas. »

Tandis que je quittais l'appartement et que je prenais la route de Marignane, tout cela est descendu en moi et s'y est posé — tous les détails de cette dernière journée et jusqu'aux dernières paroles de Zazia. Souvent j'avais été surpris par les capacités et les sauts étranges de ma mémoire... Pourquoi des pans entiers de mes conversations disparaissaient-ils, comme si rien n'avait été dit, au point qu'en relisant certains décryptages j'arrivais à peine à me souvenir de ma propre présence ? Pourquoi, au contraire, certaines autres étaient-elles dans mon souvenir d'une précision si totale, comme si j'avais enregistré non seulement les mots qui étaient dits mais aussi ceux qui ne l'étaient pas, toute la gamme des émotions plus ou moins claires, des sentiments plus ou moins complexes qui passent à travers les gestes, les mains, un œil qui brille, un léger tremblement, un souffle qui se suspend ?

Au bord du monde...

J'ai voulu m'y rendre et voilà le voyage que j'ai fait. À peine est-il fini, je me souviens déjà. La mort : machine à fabriquer du passé.

Moi aussi je me retourne et je regarde, moi aussi je voudrais tout tenir dans mon regard et dans mes bras, moi aussi je pense à des regrets et ils me traversent en rafales, moi aussi...

Et pourtant moi, je ne meurs pas (« Je suis comme tout le monde », m'a dit l'ami Pepite en me raccompagnant du plateau de tournage de *C'est la vie*, « je sais que je vais mourir. Mais pas dans le quart d'heure qui vient »), je fais les gestes mécaniques et nécessaires pour reprendre la route.

À mon tour je vois les fantômes descendre : ils me présentent leurs images grotesques en souriant et j'ai à peine le temps de m'éblouir ou de m'inquiéter que la danse des visages et des corps continue, sarabande cotonneuse, sans queue ni tête, où certains repassent plus souvent que d'autres, où d'autres manquent.

Je les vois, Nouria accrochée à sa petite cigarette avec son visage chiffonné, le sourire d'Ahmed et celui de Frédéric, le visage reposé de Clémence-de-la-chorale, les yeux gris-bleu transparents de Barbara, les yeux perdus de Noël et son corps recroquevillé sous les draps comme sur un trapèze de souffrance. Je me souviens de visages anonymes — ce monsieur que j'ai vu passer, lors de mon premier séjour, avec son pull où étaient cousus des galons, à qui j'ai demandé si je pouvais l'aider et qui, au bord des larmes, m'a répondu : « Non, ma femme dort. » Je me demande comment s'appelait sa femme — était-ce Corinne, Michelle ? Était-ce Martine, Anne-Marie ? Je me souviens de la maman de Corinne, une femme digne, simple, aimante, qui n'exprimait rien d'exceptionnel et chez qui tout était juste, avec peu de mots — elle disait cette perte spéciale d'avoir à perdre son enfant là où nous sommes programmés pour perdre nos parents — elle disait comment ? elle ne disait rien, c'était un geste arrêté, une bouche qui tremble. Je me souviens de ceux-là et d'autres encore que je n'ai pas connus mais dont j'ai vu les photos, dont on m'a raconté l'histoire, l'enfant Sébastien, le sourire de Bernard, la fleur rouge de Babeth, ils sont là, autour de moi, et je les regarde avec tout ce que j'ai de cœur.

Je n'ai pas de larmes — pourquoi pleurerais-je ces êtres que je n'ai fait que frôler, avec qui je n'ai eu que quelques conversations, parfois un regard seulement, un geste d'apaisement, et dans la vie desquels je suis passé comme une ombre, séparé par le voile de la douleur, de la mort qui approchait, du deuil qui commençait.

Pourtant j'ai de la peine aussi.

Je me demande si j'ai fait autre chose que de raconter des histoires d'amour.

REMERCIEMENTS

Seuls, nous sommes déjà ensemble ; réunis, nous sommes encore séparés. Ce mystère de notre présence dans le monde, la proximité de la mort nous force à le vivre comme si chaque instant l'accouchait, dans cette heureuse douleur, ce bonheur déchirant, énigmatique des naissances.

Ce sentiment ne m'a pas quitté tandis que j'écrivais : mon livre ne m'appartient en rien ; mon geste de l'écrire est un geste de la main où les mouvements du cœur et de l'intelligence sont profondément reliés à ceux de l'équipe de la Maison qui m'a accueilli et fait confiance.

Les heures qu'ils ont consacrées à me parler, de novembre 2000 à avril 2001, l'intimité qu'ils m'ont laissé partager, parfois simplement leurs gestes et leurs regards, ce qui peut passer d'humain dans ce témoignage leur doit tout — à *tous*.

Les bénévoles :

Alain Brunet ; Bernard Massarini ; Blanche Laroubine ; Brigitte Anselin ; Bruno Ricard ; Danielle

Rattazzi ; Didier Negrel ; Eugène Seroux ; Félicette Bounic ; Guy Jauffret ; Ida Soliveri ; Jacqueline Sladek ; Jacqueline Guillemot *(coordinatrice)* ; Janine Boulaygue ; Liliane Camus ; Mamine Bertheloot ; Marguerite Morizot ; Michèle Bretez ; Muriel Bouis ; Sylvie Prévost ; Thierry Jacquet ; Yolande Kufel.

L'équipe :

Amar Yousfi ; Héléna Farmiana Pedro ; Nora Sadani *(agents de service)* ; Lola Phliponeau ; Patricia Chatrian ; Sylviane Abonnel ; Thierry Raso *(cuisiniers)* ; Aline Isnardon *(atelier dessin)* ; Renato Biunno *(comptable)* ; Krystoff Girardot *(factotum)* ; Claudine Bayle *(formation)* ; Christophe Montredon *(kinésithérapeute)* ; Éric Duvivier *(ostéopathe)* ; Michelle Duvivier Marciano *(psychologue groupes de paroles)* ; Karine Kaczmarek *(secrétaire)*.

Alessandro Lingua ; Pierre Curet ; Anastasia Moschetta ; Anja Beving Blanc ; Fatima Ghilas ; Florence Bonvalet ; Hairïya Aly ; Nadia Haddadi ; Sylvie Alphand ; Linda Florimond *(aides-soignants)*.

Sébastien Saint Martin ; Brigitte Cattedu ; Christine Brochu ; Dominique Gérard ; Fabienne Couvin ; Karine Saint Martin ; Marie Deshaires ; Marion Esposito ; Michelle Fontana ; Zazia Georgelin ; Myriam Bouet ; Maryse Descharmes *(infirmières)*.

Muriel Trompat ; Michel Rintjema *(infirmiers équipe mobile)*.

Natacha Guillod, Jean-Michel Riou *(médecins).*

Mireille Destandau *(psychologue)* ; Jean-Louis Guigues *(responsable des soins)* ; Chantal Bertheloot *(coordinatrice)* ; Jean-Marc La Piana *(directeur médical).*

J'adresse un remerciement particulier à Karine, dont le calme, le sourire et la bonne volonté ont été d'une aide constante.

Merci à Chantal et Lieven ; Jean-Marc, Denis et Renato ; Jean-Michel et Claire ; Mireille, Christian, Boris, Alexandra, Hugo, Antonin, de m'avoir fait une place dans leur espace de vie.

Je remercie Philippe Godeau qui m'a emmené jusqu'à la porte et soutenu tout au long de l'aventure.

La présence de Denis Cellier est belle et nécessaire.

La relecture attentive et les remarques de Pauline Guéna m'ont été très précieuses. Jean-Marie Laclavetine est un éditeur aussi chaleureux qu'exigeant.

Association La Maison
Le Pesquier Sud
Quartier Route Blanche
13120 Gardanne

DU MÊME AUTEUR

Aux Éditions Gallimard

LA PEAU À L'ENVERS, 2003

UNE MAISON AU BORD DU MONDE, 2001 (Folio n° 3972)

ADIEU, MON UNIQUE, 2000 (Folio n° 3675)

ABEILLES, VOUS AVEZ CHANGÉ DE MAÎTRE, 1981

LE VOYAGE AU LIBAN, 1979

MARIE EN QUELQUES MOTS, 1977

Chez d'autres éditeurs

LE MESSAGER DES SABLES, en collaboration avec Léonard Anthony, *Robert Laffont*, 2003

Composition Nord Compo
Impression Liberduplex
à Barcelone, le 16 décembre 2003
Dépot légal : décembre 2003

ISBN 2-07-031294-1./Imprimé en Espagne

126710